자기만의 기준으로 풀어낸 작품이다. 이 밖에도 원수를 갚지 않는 무사의 이야기 〈하나〉, 인형의 눈으로 삶의 공허를 담아낸 〈공기인형〉을 찍었다. 2017년 홈드라마의 틀을 벗어나 법정 드라마 〈세 번째 살인〉을 발표했고, 이듬해인 2018년 〈어느 가족〉으로 칸 국제영화제 황금종려상을 받았다. 2019년에는 프랑스에서 카트린 드뇌브, 쥘리에트 비노슈, 이선 호크와 함께 〈파비안느에 관한 진실〉을 찍었다.

영화와 텔레비전 다큐멘터리 연출 외에 자신의 오리지널 시나리오를 바탕으로 소설 《원더풀 라이프》《걸어도 걸어도》《태풍이 지나가고》《어느 가족》을 썼고, 에세이집 《걷는 듯 천천히》, 영화자서전 《영화를 찍으며 생각한 것》을 썼다. 2014년에는 티브이맨 유니언으로부터 독립하여 '복을 나누다'라는 뜻을 가진 제작자 집단 '분부쿠分福'를 설립했다.

고레에다 히로카즈는 영화감독으로서 자신의 의무는 세상에 다양한 '작은 이야기'를 내놓는 것이라고 생각한다. 《작은 이야기를 계속하겠습니다》는 창작자로서 세상과 사람을 잇기 위해 부단히 고민하고 실천하는 고레에다 히로카즈 감독의 다짐과 노력이 담긴 책이다. 무엇보다 영화라는 공동체에 대한 꾸준한 성찰, 그리고 따스한 애정이 잔잔히 묻어난다.

작은 이야기를 계속하겠습니다

일러두기

- 이 책은 고레에다 히로카즈가 2000년대 초반부터 현재까지 쓴 글을 바탕으로 만들었습니다. 책으로 엮는 과정에서 저자가 내용을 보완하고자 한 글은 해당 글 말미에 추가 내용을 이어놓았습니다.
- 본문 주석은 내용의 이해를 돕기 위해 모두 옮긴이가 작성했습니다.

작은 이야기를 계속하겠습니다

고레에다 히로카즈
이지수 옮김

바다출판사

저자의 말

여기 모아놓은 글 대부분은 원래 출판할 목적으로 쓴 것이 전혀 아니다. 할 일 없이 무료할 때 평소 생각하던 바를 문득 써두거나 고인이 된 분을 잊지 않기 위한 비망록으로 여기던 것이다. 그러니 이처럼 죽 나열해봐도 공통된 주제나 시점, 관점은 아마 보이지 않을 것이다. 하지만 다름 아닌 이런 신변잡기이기에 공적인 자리에서는 말로 표현하지 않은 혼잣말이나 한숨에 가까운 감촉을 느끼는 것 또한 사실이며, 이번에 이렇게 출판의 기회를 얻게 되어 솔직히 기쁘다.

올해 나는 영화를 만들기 위해 영하 15도를 밑도는 한겨울에 서울에 와서 반년 가까이 머물렀고, 며칠 전 30도가 넘는 부산에서 영화 촬영을 마쳤다. 이번 작품을 만들기 위해

모인 스태프와 출연진이 나의 영화뿐만 아니라 책도 두루두루 봐줬다는 것이 놀랍고 기뻤다. 그 몇 권의 책은, 거기에 쓰여 있는 문장은, 그 어설픔에도 불구하고 문화와 언어의 차이를 초월해 우리가 함께 영화를 만드는 데 틀림없이 적잖은 공헌을 해주었다.

이 에세이 모음집도 나의 영화와 한국 팬 여러분을 잇는 다리 중 하나가 된다면 그보다 기쁜 일은 없을 것이다.

2021년 7월 2일

영화감독 고레에다 히로카즈

차례

••••••

보이지 않는 것에 대하여

두 감독

'보이지 않는 사람들invisible people'이라고, 칸 국제영화제 심사위원장 케이트 블란쳇은 시상식 첫머리에서 말했다. 그들 존재에 빛을 비추는 것이 이번 영화제의 큰 테마였다고. 옆에 앉은 통역사가 일본어로 해주는 말을 들은 것이라 내용은 대략적으로밖에 파악하지 못했지만 그 '보이지 않는'이라는 말만은 내내 머릿속에 남아 있었다. 분명 〈어느 가족〉에서 내가 묘사하려던 것도 평소 우리가 생활 속에서 못 보거나 안 보는 척하는 '가족'의 모습이다. 그 생활과 감정의 디테일을 가시화하려는 시도가 이번 내 각본과 연출의 기둥이었다는 것을 케이트 블란쳇의 말을 듣고 새삼 떠올렸다. 그리고 그 자세는 14년 전 〈아무도 모른다〉와도 통하는구나 하고, 이번 작품을 분석했다. 그래서 이름이 불려 단상으로 향하면서 이 수상 연설에서는 '보이지 않는' 존재에 대해 말하자고 생각했다.

나는 그 자리에서 느끼는 '희망'과 '용기'에 대해 언급한 뒤 이 두 가지를 함께 나누고 싶은 대상으로 두 감독을 말했다. 작품이 경쟁 부문에 선정되었으나 영화제에 오지 못한 러시아의 키릴 세레브렌니코프 감독과 이란의 자파르 파나히 감독이다.[○] 하지만 이름을 콕 집어 말하지 않았던 탓에 (앞선 수상자도 연설에서 언급했기에 누구인지 충분히 알 거라고 생각했다) 한 일본 신문은 내가 여기서 말한 두 감독이 이창동과 지아장커라고 오인한 기사도 냈다. 시상식 직후 일본 미디어에 둘러싸여 취재를 받을 때 내가 동세대 중 존경하는 아시아 감독으로 그 둘의 이름을 말했기 때문이다. 두 사람이 있기에 나도 영화를 진지하게 마주할 수 있다고 했다. 그 둘도 이번에는 시상식 자리에 없었으니 더욱 오해가 있었던 것이다. 아마 그 기자가 시상식 실황을 본 곳은 우리가

○ 2018년 칸 국제영화제 경쟁 부문에 키릴 세레브렌니코프는 〈레토〉로, 자파르 파나히는 〈세 개의 얼굴들〉로 초청되었으나 당시 두 감독은 정치적 이유로 구금되어 있었다.

있던 뤼미에르 극장이 아니라 가까이에 있는 다른 극장이었을 테니 프랑스어 또한 충분히 통역되지 않았을 것이다.

착오는 이처럼 직접 얼굴을 마주하지 않는 환경 속에서보다 많이 일어난다. 그러나 영화제처럼 여러 언어가 난무하는 자리라면 어느 정도의 오해는 허용해야 한다. '사소한 것에 연연하지 않는 힘'이 필요한 것이다. 물론 그런 착오는 적을수록 좋으니 영화 자막 번역의 뉘앙스 분석과 현지에서의 통역은 되도록 뛰어난 사람에게 맡기고 있다.

통역과 번역

나는 프랑스어의 경우 벌써 5년째 같은 분께 자막과 통역을 모두 부탁하고 있다.(여담인데 이분은 나의 종잡을 수 없는 말을 들으며 메모를 일체 하지 않는다. "메모를 하면 아무래도 그것에 기대게 되니까요"라고 하셨는데, 프랑스어를 전혀 모르는 나 같은 사람도 그의 말투와 듣는 이의 반응으로부터 얼마나 유능한 통역사인지 알 수 있다. 신기한 일이다.)

5월 13일에 공식 상영을 했고 그다음 날부터는 통역사와 함께 프랑스 매체의 취재를 한꺼번에 받았다. 이날 아침 기자 시사회를 한 뒤로 취재 요청이 급증했다. 영화에는 아주 좋은 일이다. 14일에 프랑스 취재를 마쳤고, 15일과 16일이 국제 취재에 할당됐다. 이 이틀 동안은 영어 통역사가 들어왔고 아침 10시부터 오후 6시까지 대략 150명이 넘는 기자들의 취재를 받았다. 이 통역사도 무척 뛰어난 분이다. 단, 말할 때 손짓 몸짓이 더해져 왠지 나의 말이 약간 (감독답게) 부풀려 전해진다는 인상을 받았다. 우리 둘 사이에 또 한 명, 눈에 보이지 않는 감독이 있는 느낌이다. 좀 낯간지럽다. 취재하러 오는 각국 기자들도 기본적으로는 영어로 질문한다. 일대일이 아니다. 여덟 명 정도씩 단체로 하는 취재인데, 각 그룹에 주어진 30~40분 동안 기자가 손을 들어 본인이 묻고 싶은 것을 저마다 '영어'로 질문한다. 이 단체 취재는 대답하기가 정말 어렵다. 거기서는 일대일 대화에서 생겨나는 '흐름'이나 '깊이', 즉 대답에서 다음 질문이 생겨나 주고받는 말의 역동성이 좀처럼 발생하지 않기 때문이다. 기자들도 다른 기자의 질문에 대한 내 대답까지 포함해 마치 자신이 전부 물어본 양 하나의 인터뷰로 정리하는데, 이는 통상적인 방식이다. 이 일에는 당연히 기자의 역량이 요구되며 여기서 능력의 차이가(어학 능력뿐만은 아니다) 드러난다.

이번 단체 취재에 적어도 두 명의 한국 기자가 있었다. 어떻게 알았느냐면 두 매체 모두 일본어판이 있어서 인터넷을 하다 보니 눈에 띄었다. 그중 한 기사의 제목은 '피를 섞어야 식구인가, 일본의 가족은 무너졌는데……'였다. '피를 섞다' 라는 표현이 순간 이해되지 않았지만 '아, 혈연을 말하나' 하고 곧 납득했다. 분명 '피가 아닌 것으로 이어진 가족을 그리고 싶었다'는 취지의 말을 내가 했기 때문이겠지. 그런데 내가 쓴 이 '혈연'이라는 일본어가 영어로 통역됐고, 그걸 들은 기자(물론 영어가 모국어가 아닌)가 한국어로 바꾸고, 그것이 다시 일본어로 번역됐다. 이런 말 전하기 게임 같은 과정을 거치면 이렇게나 뉘앙스가 변한다는 데 새삼 놀랐다. 읽어 보니 이 기사에서는 그 외에도 고개를 갸웃하지 않을 수 없는 몇몇 표현이 조금씩 보였다. 예컨대 나는 내가 묘사하는 대상을 두고 '대표적인 예'라고는 결코 말하지 않는다. 언어 해석의 폭은 각양각색이겠지만 단순히 내가 쓰지 않는 말이 문맥상 있는 경우 일본 취재여도 고칠 수 있으면 고치는데, 이번에는 그렇게 할 수조차 없다.

이 취재에서 누군가 "왜 사회에 이런 '보이지 않는' 가족이 생겨난다고 보는가?" 하고, 작품 배경으로서의 사회적 정치적 상황에 대해 물었다. 그것을 고발하려고 만든 영화가 아니라는 점을 전제로 내 생각을 말했다. 어디까지나 개인적 의견이지만. 이번에 내가 말한 것은 '공동체'의 변화에 대해서였다. 일본은 지역 공동체가 붕괴되고, 기업 공동체가 붕괴되고, 가족 공동체도 3세대 가족이 1세대 가족으로 변했으며 1인 가구도 급격히 늘고 있다. 이 영화에서 묘사한 가족 한 사람 한 사람은 이 세 공동체, 즉 '지역' '기업' '가족'에서 떨어져 나왔거나 배제되어 보이지 않는 상태가 된 사람들이다. 이것이 이야기의 내측이다. 고립된 사람이 찾는 공동체 중 하나가 인터넷 공간이고, 그 고립된 개개인을 회수한 것이 '국가'주의적 가치관(내셔널리즘)이며, 거기서 이야기하는 '국익'과 자신의 동일화가 진행되면 사회는 배타적으로 변해 다양성을 잃는다. 범죄는 사회 빈곤이 낳는다는 표면적 담론이 뒤로 물러나고 본인의 책임이라는 본심이 세계를 뒤덮는다. 아마 이 '가족'은 그런 말과 시선으로 단죄받을 것이다…… 라는 말도 했다. 이것이 배경이다. 이는《영화를 찍으며 생각한 것》이라는 졸저에서도 이미 말했던 생각이다. 뭐, 딱히 새로운 생각은 아니라고 자각하고 있다.

이 기사는 내가 갑자기 독일의 전후 보상 이야기를 꺼낸 듯한 흐름으로 구성되어 있었다. 하지만 사실은 공동체 이야기에 이어 EU 이야기가 나왔고, 그 흐름으로 독일이 EU에서 차지하는 위치나 해내려는 역할을 일본이 '동아시아 공동체' 속에서 맡고자 한다면 역시 과거의 역사를 제대로 마주하고 '청산'해야 하지 않을까, 하는 설명을 덧붙였던 것이다. '사죄'라는 단어는 분명 그 통역 과정에서 나중에 더해졌을 것이다. '보상'이라는 게 내가 한 말 중 어느 단어의 번역인지는 솔직히 잘 모르겠다. 나는 민주주의가 성숙하려면 정기적인 정권 교체가 필요하다고 생각하는 사람 중 하나다. 정권은 반드시 부패하기 때문이다. 이는 영화감독이라는 '권력'을 손에 넣고 통감하는 점이기도 하다. 똥 묻은 개, 겨 묻은 개라도 교대시켜가며 주권자인 우리가 권력을 통제하면 민주주의는 조금씩 더 성숙해지리라 생각한다. 그 정부가 보수 성향이든 진보 성향이든 정권이 바뀌지 않는다고 생각하면 모두가 권력에 굽신거릴 테고, 지조 없는 저널리즘은 감시 역할을 잊고 권력의 홍보물이 될 것이다. 그건 주권자에게는 불행이라는 이야기를 했다. 뭐, 이건 여담에 속한다. 그런 설명이 짧게 정리되며 여러 가지가 생략되어 '아베 정권이 계속되어 우리는 불행해졌다'는 몹시 단순한 말이 되어 있었다. 솔직히 놀랐다.

우물

이 기사가 나온 다음 날, 실은 또 한 군데 한국 신문에서 기사가 났다. 아마 같은 날 다른 그룹의 취재였던 것 같다. 이쪽 기사의 제목은 '붕괴된 가족에 집착하는 이유는'이었다. '붕괴된'이라는 단어의 원어는 아마도 '결손'이었을 것이다. 이건 그다지 동떨어져 있지 않다. 기사를 계속 읽었더니 납득되는 번역과 구성으로 이루어져 있어 단체 취재를 정리해서 쓴 기사라고는 도무지 믿기지 않는 퀄리티였다. 무엇보다 인상적이었던 대목은 "영화가 절망과 슬픔이라는 우물에서 길어 올리는 것이라면, 저는 그 우물을 가족에게서 찾고 있습니다"라는 한 문장. 문학적이고 근사한 표현이지만 사실 난 이런 말은 전혀 하지 않았다. 가족을 우물에 빗대는 비유는 아쉽게도 애초에 교양으로도 어휘력으로도 내 안에 존재하지 않았다. 이 표현이 통역사에게서 나왔는지 기자 본인에게서 나왔는지는 잘 모르겠다. 하지만…… 솔직히 놀랐다. 이렇게 한국 매체의 '착오'에 대해 글을 쓰면 일부 네티즌들이 "거봐!" 하며 소란을 피울 수도 있지만, 마침 일본어판이 있었기에 알았던 것일 뿐 이 정도의 '로스트 인 트렌슬레이션'은 곳곳에서 일어난다고 생각하는 편이 좋다. 나는 편집된 말이 인터넷에 확산되는 과정에서 생기는 착오(의도적인지 아닌지는 모르겠지만)가 훨씬 심하다고 느낀다. 일테면 이 한국 매체에 실린 나의 인터뷰는 '시상식에서 일본을 비판하는 연설을 했다'고 변질되기까지 일주일도 채 걸리지 않았다. 그 며칠 뒤에는 '수상 연설에서도 일본은 난징대학살에 대해 중국에 사죄하라고 발언했다'는 식으로 변해 있었다. 동영상도 여기저기에 올라가 있으니 확인해보면 될 텐데, 아무래도 그런 미디어는 아닌 모양이다. 그렇다면 이런 오독을 일일이 부정하며 돌아다녀봤자 끝이 없다. 뭐, 바빠서 대응하지 못했다는 게 솔직한 심정이다.

물과 웅덩이

이 일을 계기로 인터넷 공간에서 오가는 말들에 조금 주의를 기울여 살펴봤는데, '피를 섞다'라는 제목의 부자연스러움으로부터 이것이 거듭된 번역 끝에 나온 표현이라는 사실을 알아차리고 지적한 사람은 내가 아는 한 한 명도 없었다. 아쉬웠다. 어딘가의 누군가가 그 오류를 깨닫고, 멈춰서서 생각하고, 일테면 원래의 말을 찾아보려고 노력한다거나 무슨 경위로 이런 발언이 튀어나왔는지 거슬러 올라가 살펴보고 언급하지 않을까 기대했다. 이 인터뷰가 실리고 닷새쯤 지난 뒤 어떤 트위터 글이 눈에 띄었다. 그 사람은 이 첫 번째 기사의 어지러운 문맥에 다소 의문을 가진 듯, 정말로 고레에다가 이런 말을 했나? 독일의 보상 이야기는 너무 갑작스럽지 않은가? 하는 올바른 의심을 품었다.

기사가 나오고 일주일이 지나자 건설적인 커뮤니케이션으로 발전하는 것이 느껴지는 글을 만날 수 있었다. 그 사람은 앞서 내가 언급한 공동체 이야기를 나의 책에서 인용하며 '고레에다가 하려는 말은 이런 게 아닌가'라고 고찰해줬다. 고마웠다. 주관적인 인식이지만, 그저 흘러가는 '현재'일 뿐인 인터넷 공간에 순간 **웅덩이**가 생긴 느낌이었다. 웅덩이가 생기면 사람은 처음으로 물을 의식한다. 그 의식이 쌓여 비로소 '앎'으로 이어지는 게 아닐까 생각했다. 그런 생각으로 '보이지 않는' 것에 관한 이 글을 시차로 멍한 머리를 억지로 깨워가며 써보기로 한 것이다. 요컨대 물을 가시화해준 것에 대한 감사의 표현이다.

솔직히 〈어느 가족〉에 대해 인터넷에 난무하는 말 중 작품 관련이 아닌 것 대부분은 본질에서 상당히 동떨어져 있는 듯하다. 그러면서도 역시 현 정권(과 그것을 지지하는 사람들)이 제시하는 가치관과 거리가 멀다는 이유로 작품과 그 감독인 나를 부정하려거나 반대로 옹호하려는 상황은, 영화뿐만 아니라 이 나라를 뒤덮고 있는 '무언가'를 가시화하는 데 조금이나마 도움이 되지 않았나 싶다. 비꼬는 게 아니라 정말로 그리 생각한다. 영화 한 편이 사회에 대해 그런 역할을 해낸다는 건 흔치 않은 일이니까. 기존의 TV 미디어에는 영화를 쇼 프로그램의 소재로 다루는 포맷밖에 거의 남아 있지 않다.(물론 쇼 프로의 소재가 되거나 신문의 문화면이 아닌 사회면에서 거론되는 것이 영화가 사람들 눈에 띌 큰 기회라는 점은 부정할 수 없다.) 그런 지금의 상황에 비하면, 직접 정보를 얻으러 나설 각오만 있다면 이 인터넷 공간 속 말에서는 신문 영화평보다 더 충실한 장문의 고찰을 만날 가능성도 있으므로 조금 더 흥미를 가지고 살펴보자는 마음이 든다.

만약 한국의 두 기자를 다시 만날 기회가 있다면 나는 과연 무슨 말을 할까? 한 사람에게는 번역으로 인한 오해를 정정하고, 다음 인터뷰 때는 훌륭한 번역가에게 의뢰하거나 영어를 중간에 두지 않고 한국어와 일본어만으로 질의하도록 부탁할 것. 그리고 다른 한 사람에게는 "'우물'은 당신이 생각해낸 말인가요? 너무 근사해서 그런데 저의 표현으로 써도 될까요?" 하고 역제안할 것. 이 두 가지다.

메시지와 분노

영화감독이니 정치적 발언과 행동은 삼가고 작품만 만들라는 의견도 인터넷에서 몇 번 봤다. 나도 영화를 만들기 시작한 당초에는 그렇게 생각했다. 1995년 처음 참석한 베네치아 국제영화제 시상식에서 있었던 일이다. 활동가로 보이는 사람이 갑자기 단상에 올라 프랑스 핵실험 반대 플래카드를 들었다. 시상식장에 있던 영화인 대부분은 일어나 박수를 쳤다. 솔직히 나는 어쩌면 좋을지 망설였다. 일어나야 하나 말아야 하나. 박수를 쳐야 하나 야유를 보내야 하나. 이 축제의 공간을 그런 '불순'한 자리로 만들어도 될까 하고. 그러나 23년 사이에 깨달은 건 영화를 찍는 것, 그리고 영화제에 참석하는 것 자체가 이미 정치적인 행위라는 점이다. 나만 안전지대에서 중립을 지킬 수 있다는 건 어리광 섞인 오해이며 불가능하다는 점이다.

영화제는 나라는 존재가 자명하게 휘감고 있는 '정치성'을 표면화하는 공간이다. 눈을 돌리든 입을 다물든, 아니 그 '돌리고' '다무는' 행위 자체도 정치성과 함께 판단된다. 하지만 이는 물론 영화감독에 한정된 것이 아니며, 사회에 참여하는 사람이 원래 지니고 있는 '정치성'일 뿐이다. 일본이라는 나라에만 있으면 의식하지 않고 넘어갈 일이다. 그러나 적어도 유럽 영화제에서는 이쪽이 표준이다. 지금 나는 그 '관례'를 따르고 있다. 물론 공식 기자회견이나 단상에서 연설할 때는 그런 행위를 피한다. '만든 영화가 전부'라는 사고방식이 역시 가장 심플하고 아름답다고 여기기 때문이다. 하지만 이는 개인적 취향의 문제일 뿐이다. 개별 취재에서 기자가 질문하면, "전문가는 아니지만……" 하고 양해를 구한 뒤(이 부분은 대체로 기사에서 편집된다) 나의 사회적 정치적 입장을 되도록 이야기한다. 그로써 내가 만든 영화에 대한 이해가 조금이라도 깊어지기를 바라기 때문이다. 이를 '정치적'이라고 일컬을지 말지는 둘째치고, 나는 사람들이 '국가'나 '국익'이라는 '큰 이야기'로 회수되어 가는 상황 속에서 영화감독이 할 수 있는 일은 그 '큰 이야기'(오른쪽이든 왼쪽이든)에 맞서 그 이야기를 상대화할 다양한 '작은 이야기'를 계속 내놓는 것이며, 그것이 결과적으로 그 나라의 문화를 풍요롭게 만든다고 생각해왔다. 그 자세는 앞으로도 변하지 않으리라는 것을 여기서 새삼 선언해 두고 싶다.

영화라는 공동체

수상 후 흥분과 소란 속에서 황금종려상 트로피를 든 채로 셀 수 없이 많은 취재를 받았다. 그 가운데 한 사람, 라디오 방송에서 온 프랑스인 기자가 있었는데 그는 "이 영화는 무엇을 고발하려는가?"라는 질문을 형태를 바꿔가며 집요하게 해댔다. 그런 목적이 눈에 보이면 늘 "영화는 무언가를 고발하거나 메시지를 전하기 위한 수단이 아니다"라는 말로 마무리하는데, 이번 기자는 그래도 물러나지 않았다. 이럴 때는 오히려 평소에 '진보 성향'이라 불리는 신문이나 잡지가 더 완고하다. 작품에서 만든 이의 어떤 메시지를 수신해 그것을 확산하는 일이 자기네 사명이라고 생각하는 사람이 많다. 정말이지 성가시다. 본인들은 대단히 진지하며 어쩌면 경향적으로는 나와 비슷한 사상과 신조를 가지고 있을지도 모르지만, 작품을 메시지를 옮겨 나르는 그릇으로만 보는 태도에서는 작품을 매개로 풍성한 커뮤니케이션이 확산되는 일은 아마 바랄 수 없을 것이다. 이리 되면 오기로라도 고발이나 메시지에 대한 언급을 회피한다. 이번에도 그렇게 했다. 결국 그 기자는 불만스럽게 돌아갔지만.

나는 무언가를 찬양하거나 비판할 목적으로 영화를 만든

적이 없다. 애초에 그런 건 프로파간다일 뿐이다. 외국인 관광객을 일본에 유치하는 방일 효과를 겨루는 건 아니므로, '대단한 일본'을 어필할 목적으로 만든 작품은 처음부터 영화로 인정할 수 없다. 반대로 사회나 정치 상황의 '참혹함'만을 드러내려고 의도한 작품 역시 '빈곤 포르노'라는 말로 비판을 면치 못한다. 영화제란 그런 장소다.

이번의 〈어느 가족〉은 희로애락 가운데 꼽자면 '노'의 감정이 중심에 있었다고 인터뷰에서 말했고 팸플릿에도 썼다. 그래서 더더욱 무언가를 고발한 영화로 받아들여졌는지도 모른다. 그러나 이 분노는 예컨대 마이클 무어가 〈화씨 911〉에서 했던 부시 비판이나 스파이크 리가 이번 신작°에서 전개하는 (듯한, 아직 못 봤다) 트럼프 비판처럼 알기 쉬운 것은 아니다. 작품 속에서 알기 쉽게 가시화된 감독의 메시지는 솔직히 말해 대단한 건 아니라고 생각한다. 영상은 감독의 의도를 초월해 눈치채지 못한 형태로 '찍혀버린 것' 쪽이 메시지보다 훨씬 풍성하고 본질적이라는 점을 나는 실감하고 있다.

시상식 후 스태프와 함께 참석한 공식 파티에서는 더없이

° 〈블랙클랜스맨〉을 말한다.

행복한 시간을 보냈다. 경쟁 부문에 초청된 감독과 심사위원 사이에 그전까지 존재했던 **보이지 않는** 벽이 헐려, 그 자리에서는 영화를 향한 애정만으로 이어진 사람들이 화기애애하게 영화에 관한 담소를 나눈다. 내 영화 속 '보이지 않는' 불꽃에 대해 드니 빌뇌브 감독, 배우 장첸과 이야기를 주고받는다. 이 순간은 그야말로 지위나 직함에 관계없이 즐기는 축제의 시간이라서, 스태프도 케이트 블란쳇이나 게리 올드만과 사진을 마구 찍었다.

지역 공동체, 기업 공동체, 가족 공동체가 붕괴하는 이야기는 그 후 어디로 나아갈까? 프랑스 현지의 취재에서는 이번에 시간이 부족해 이야기를 충분히 진행시키지 못한 화제를 언급하며 이 고찰을 마무리하려 한다. 나 자신은 사실 이 세 가지 공동체 중 어느 것에도 강하게 이끌리지 않고 살아온 사람이다. 적어도 이들 공동체로 귀속되지 않고 이탈하는 것이 개인에게 불이익으로 작용하지 않는 사회를 '진보적'이라 여겨왔다. 그런 내가 이 칸 국제영화제에 참석해 강하게 느낀 것은, 나라는 존재가 그리 짧지만은 않은 100년의 역사를 짊어지고 흐르는 영화라는 거대한 강을 이루는 물방울 하나라는 감각이었다. 여기는 문화와 국가와 언어의 차이를 초월해 영화만으로 사람과 사람이 이어져 있는 장소이자 시간이라는 점이었다. 이는 놀라움인 동시에 큰 기쁨이기도 했다. 요컨대 칸에 와서 내가 속해 있는, 그야말로 '보이지 않는' 영화 공동체가 웅덩이로서 명확히 가시화된 것이다. 나는 혼자가 아니다. 이렇게 말로 표현하면 살짝 부끄럽기도 한 심플한 감동이 파도처럼 밀려온다. 그 파도로 메마른 모래톱에 윤기가 돌고 충만해진다. 이 영화제라는 장소에서 내가 느낀 풍요로움의 원천은 조명이 비추는 레드카펫 위의 화려함이 아니라 이 '보이지 않는' 연결을 실감할 수 있다는 것, 그것이 전부다.

(2018년 6월 5일)

축의 말고 다른 것

'보이지 않는 것에 대하여'라는 글에 생각보다 많은 감상을 보내주셨습니다. 고맙습니다.

그 정도로 이야기를 마무리하자 싶었는데, 제가 말한 취지가 곧이곧대로 전해지는 건 아니더군요.

국회의 참의원 문부과학위원회에서 야당 의원이 "(고레에다에게) 직접 축의를 표하면 어떤가? 영화 현장이 매우 고무될 것이다. 총리에게 제안해달라"고 문부과학성 대신을 압박했다는 기사를 인터넷에서 봤고, 게다가 그 뒤 "하야시 요시마사 문부과학성 대신이 (고레에다를) 문부과학성에 초청해 축하하고 싶다는 뜻을 밝혔다"는 것을 NHK 뉴스로 봤습니다. 그 밖에 중요한 안건이 많은데도 이런 개인의 일로 한정된 심의와 신문 지면, TV 뉴스 시간이 할애되는 것도 죄송하고 괴로우니 한마디만 더 제 나름의 생각을 써두려 합니다.

실은 수상 직후부터 몇몇 단체와 지자체에서 이번 수상에 대해 표창하고 싶다고 제안해왔습니다. 감사한 일이지만 지금까지 모두 거절하고 있습니다. 지난번 홈페이지 글에서 저는 이렇게 썼습니다.

> '큰 이야기'로 회수되어가는 상황 속에서 영화감독이 할 수 있는 일은 그 '큰 이야기'(오른쪽이든 왼쪽이든)에 맞서 그 이야기를 상대화할 다양한 '작은 이야기'를 계속 내놓는 것이며, 그것이 결과적으로 그 나라의 문화를 풍요롭게 만든다.

물론 예컨대 패전 이후 부흥기에 구로사와 아키라의 〈라쇼몽〉이 베네치아 국제영화제에서 황금사자상을 수상한 일이나 고베 대지진이 일어난 뒤 활약했던 오릭스 구단과 선수를 표창하는 일의 의미와 가치를 부정하는 건 전혀 아닙니다.

그러나 영화가 한때 '국익'이나 '국책'과 한 몸이 되어 큰 불행을 초래했던 과거를 반성하는 자세를 보인다면, 과장스럽긴 하지만 이런 '평상시'에도 공권력과는(그것이 보수든 진보든) 청렴하게 거리를 유지하는 것이 올바른 행동이 아닐까 합니다. 결코 풍파를 일으키고 싶지 않아서 '거절했다'고는 굳이 말하지 않고 있었지만, 이 이야기가 어지간히 안 끝나는 듯하니 오늘 이곳에 공표합니다. 그러므로 이 일을 둘러싼 좌우 양당의 배틀은 끝내주셨으면 합니다. 영화 자체에 대한 찬반 토론은 부디 계속해주세요. 〈어느 가족〉은 내일 개봉합니다. '작은 이야기'입니다.

마지막으로 한마디만 더 하겠습니다. 〈어느 가족〉은 문화청의 조성금을 받았습니다. 감사합니다. 도움이 되었습니다. 그러나 일본 영화 산업의 규모를 생각하면 여전히 영화문화 진흥을 위한 예산은 적습니다. 영화 제작 '현장을 고무할' 방법은 그런 '축의' 말고 다른 형태로, 야당 여러분도 함께 검토해주시면 고맙겠습니다. 이상입니다.

(2018년 6월 7일)

문화는 외교의 종이 아니다

오늘은 하루 종일 취재도 없고 쉬는 날이어서 파리의 벼룩시장 등을 어슬렁어슬렁 걸으며 문득 생각해봤습니다. 이렇게 제가 감독한 영화를 들고 타국 땅을 방문해 영화제나 개봉 전 시사회에 참석하는 건 과연 '문화 외교'일까 하고요.

평소 별로 떠올리지 않는 이런 생각을 한 이유는 얼마 전 '〈일본의 미〉 종합 프로젝트 간담회'라는 거창한 제목의 지식인 회담이 개최되었다는 뉴스를 봤기 때문입니다. 총리는 그 자리에서 "국제사회에서 존재감을 높이기 위해 일본 문화 예술의 매력을 전파하는 문화 외교를 적극적으로 펼칠 필요가 있다"라고 말했다고 보도되었습니다.

2020년 개최 예정인 도쿄 올림픽 유치를 위해 내건 슬로건 중 "지금, 일본에는 이 꿈의 힘이 필요하다"가 있었습니다. 이 슬로건을 읽었을 때 위화감이 들었던 이유는, 원래 올림픽은 스포츠라는 문화를 위해 우리가 무엇을 할 수 있는지를 최우선으로 생각하는 장일 텐데(적어도 명목상으로는요) 여기서는 '스포츠가 우리에게 무엇을 해줄 것인가'라는 너무도 노골적인 본심을 당당하게 주장하는 상스러움이 보였기 때문이었습니다.

누가 쓴 원고인지는 모르겠지만 이번의 이 '문화 외교' 발언에서도 저는 같은 위화감이랄지 불편함을 느끼지 않을 수 없었습니다.(이번 화제의 중심은 아무래도 전통문화라서 영화는 직접 언급하지 않은 것 같지만요.)

이 발언을 다시 읽고 가장 마음에 걸렸던 점은 목적으로 명시되어 있는 '존재감을 높이는'의 주어가 과연 무엇이냐는 것이었습니다. 문맥상 이는 명백히 '문화'가 아니라 '일본'입니다. 혹은 '국가'나 '나'겠지요.

스포츠와 마찬가지로 예술도 '문화'라면, 이들은 결코 '정치'의 종이 아닙니다. 정치적 목적을 위해 문화를 이용하는 것을 외교라 부른다면, 그런 것과는 관계를 맺고 싶지 않습니다.(관계를 맺으라는 말도 안 하겠지만요.)

그보다 국익의 종이 된 문화를 참된 의미의 문화라 불러도 될지 저는 망설임을 느낍니다. 문화에 과학까지 포함해 생각하면 이해하기 쉬울 텐데, 문화가 그때그때 정부에 눈엣가시가 되는 경우도 분명 있습니다. 적어도 그런 정부의 생각과는 무관한 '진실'을 추구하는 것이 문화의 보편적 가치 아닌가요? 그 가치에 국익을 앞세우려는 건 문화를 왜소하게 만드는 일이나 다름없습니다.

가령 국제영화제 자리라면 거기에 참석한 창작자들은 저마다 자신의 국적은 일단 내려놓고 모두가 영화라는 세계의 주민이 됩니다. 내셔널리즘과는 무관한 공유감, 일체감이야말로 축제의 본질이지요. 굳이 말하자면 영화라는 멋진 문화의 종이 되는 겁니다.(이 원리주의에 다소 위화감을 느끼면서도 표면적으로는 저도 종으로 행동합니다.)

물론 때로는 개최국이 그 자리를 국위선양의 장으로 만들려는 의도가 어른거리는 순간도 있습니다. 하지만 그 공간을 자국의 문화만 홍보하고 판매하는 장으로 만들려는 태도는 경멸의 대상밖에 되지 않는다는 점을 가슴에 새겨야 합니다. 적어도 참된 '교류'는 그런 품격 있는 자리에서만 이루어지는 게 아닐까요.

저는 제가 감독한 영화를 들고 파리에 왔습니다.

영화는 순수한 예술이 아니라 상품이기도 해서 경우에 따라서는 저 스스로가 세일즈맨으로 행동할 수도 있습니다. 그래도 '콘텐츠'라고는 부르지 않지만 비즈니스이기는 하죠.

이 도시에서 영화를 개봉해 관객이 많이 와주면 그건 물론 저의 수입(이익)으로 이어지고, 이윽고 조금이라도 '국익'으로 이어지겠지요. 하지만 그건 어디까지나 결과이지 목적은 아닙니다.

그리고 영화를 또 하나의 측면인 '문화'로 볼 경우, 가장 먼저 생각해야 하는 건 '영화가 나에게 무엇을 가져다줄 것인가'가 아니라 '내가 영화를 위해 무엇을 할 수 있는가'입니다. 요컨대 '국익'이나 저의 이익보다 '영화의 이익'을 우선하는 가치관이죠. 이야말로 영화를 문화로 여기는 일입니다.

그러므로 만약 '외교'라는 말의 주어가 '국가'이고 그 가치관을 '국익'과 떼어놓을 수 없다면, 그것은 처음부터 '문화'와는 양립할 수 없습니다. '문화 외교'라는 말에서 느낀 위화감은 그로 인한 것일 테지요.

저는 허울 좋은 말을 하는 것도 명분을 내세우는 것도 아닙니다. 이런 생각은 이처럼 세계를 돌아다니며 만난, 같은 가치관을 공유하고 있는 '영화인'들과의 교류를 통해 배운 것입니다.

영화의 풍요로움과 자유는 영화를 존경하는 사람들의 그런 노력으로 유지되어왔으며, 저 또한 그중 한 사람이기를 바랍니다.

눈앞의 국익을 최우선으로 여기지 않는 것만으로도 '반일'이라는 꼬리표를 붙이는 이 나라에서 '문화'를 그렇게 바라보는 일이 과연 가능할지요.

(2015년 10월 20일)

감독은 책임질 수 있을까

신작 〈하나〉의 편집 작업이 일단락되어 드디어 다시 이곳에 글을 쓰고 있습니다. 오랜만이죠. 죄송합니다.

4월 말부터 교토에서 시작한 촬영을 6월 14일에 크랭크업했고, 도쿄로 돌아와 한 달 동안 편집, 3개월이 눈 깜짝할 사이였습니다. 앞으로 음악을 넣는 등의 작업은 여전히 남아 있지만, 제 안에서 얼추 완성형이 보인다…… 싶은 곳까지 왔습니다.

여기까지 이르러서야 겨우 '아…… 이번에 하고 싶었던 건 이런 거였나' 하며 처음으로 깨닫는 점도 있어서 재밌습니다. 〈하나〉는 제 전작들에 비하면 각본도 사전에 다 썼고 교토의 촬영소에 나가야° 오픈 세트를 지어 촬영했으니 이제까지처럼 갑자기 떠오른 생각으로 거리에서 영상을 찍는 일 같은 건 없었습니다. 그럼에도 역시 촬영을 시작하고부터 작품은 살아 있는 생명체처럼 변해갑니다. 이번에는 출연자들이 내는 아이디어와 번뜩임을 받아들이는 형태로도 그런 변화가 태어나는, 아주 스릴 있고 자극적인 현장이었습니다. '답'은 아직 찾지 못했고, 그런 것을 찾으며 만들고 있는 것도 물론 아니지만, 분명 이후의 작업을 통해 '아…… 그랬구나' 하는 발견이 또다시 계속되겠지요.

완성은 10월이고 개봉은 아직 한참 남은 내년 초여름(!)일 텐데, 기대해주세요.

이런 연유로 〈아무도 모른다〉는 제 안에서 꽤 오래전에 일단락되었지만, 그럼에도 DVD를 봐주신 분들이 지금도 감상을 보내주시고 그 감상을 통해 또다시 새로운 발견을 하는 반추의 나날을 보내고 있습니다. 8월 22일에는 '오다이바 모험왕'°°이라는 이벤트의 일환으로 후지TV의 가사이 아나운서와 〈아무도 모른다〉를 틀어놓고 이야기를 나누는 첫 시도에도 도전합니다. 오랜만에 사람들 앞에 나가는 것이라 지금부터 좀 긴장하고 있고요, 무엇보다 '영화를 보면

° 여러 세대가 살 수 있도록 길게 만들어 칸을 나눈 집.
°° 후지TV 개국 45주년을 기념하여 2003년부터 2008년까지 매해 여름 오다이바에서 개최된 이벤트로 다양한 볼거리와 놀이기구 등을 즐길 수 있었다.

서 얘기한다고? 대체 뭘?' 하는 상황이라 걱정입니다. 과연 어찌 될지……. 시간 되시면 모쪼록 놀러 와주세요.

자, 본론입니다. 얼마 전 요시다라는 분께 '위험'이라는 제목의 메시지를 받았는데요, 아주 자극적인, 아니 도발적인 내용이라 이건 답을 해야겠다 싶었습니다. 그럼 생각한 것을 써볼게요.

요시다 님은 〈아무도 모른다〉가 리얼리티가 결여된 판타지라고 지적하며, 그 근거 중 하나로 '도둑질 장면'을 들었습니다. "아키라와 같은 형편에 처한 소년은 망설이기는 해도 마지막에는 도둑질을 할 것이다"라고요.

아주 중요한 포인트지만, 제가 생각했던 건 '도둑질을 안 한다면 어떤 상황을 떠올릴 수 있을까'였습니다. 그것이 출발점이죠. 그래서 친구에게 부추김당하기 전에 한번 편의점 점장에게 의심받는다는 체험을 아키라가 하게 만들었습니다. 거기서 점장이 이름과 학교 등을 물어보고 '경찰'이라는 단어를 내뱉게 했습니다. 아키라 입장에서는 그런 결과를 초래하면 형제자매들과의 생활이 망가질 수도 있습니다. 바로 그 위험성을 감지했기 때문에 아키라는 친구가 게임처럼 도둑질을 하자고 꾀어도 하지 않습니다.

저는 그렇게 생각했습니다. 그리고 거기에는 다름 아닌

'그런 아이는 도둑질을 할 것이다'라는 확신에 대한 안티테제를 포함시켰다고 봤습니다. 히라이즈미 세이 씨가 연기하는 점장은 "아버지 안 계시니?" 하고, '그러니 도둑질하려 했던 게 이해가 간다'라는 뉘앙스로 중얼거립니다. 바로 그것이 세상 사람들의 눈이겠죠. 저는 아키라라는 주인공 안에서 일어나는 갈등을, 그런 '세상 사람들의 눈'이 닿지 않는 것으로 묘사하고 싶었습니다.

요시다 님은 리얼리티가 없는 또 하나의 이유로 "아키라의 말과 행동이 어른의 방정식으로 논리정연하게 그려져 있다"는 점을 들었습니다.

저는 아키라의 말과 행동을 논리정연하게 그렸습니다. 그야말로 어른처럼요. 그건 아키라가 아이이기를 박탈당했기 때문입니다. 그와는 반대로, 어머니나 아마도 아버지일 성인 남자들을 오히려 아이처럼 묘사하려 했습니다. 따라서 그 점에 관해서는 요시다 님의 지적이 적확합니다. 하지만 굳이 만든 이로서 반론하자면, 물론 이는 추론과 제 나름의 유사한 실제 체험에서 나온 상상입니다만, 아키라 같은 상황에 놓인 아이는 그런 '어른'의 태도를 보이지 않을까……하고 생각합니다.

저는 이 영화를 그런 '어른'으로서 살아온 한 소년이 우연한 계기로 함께하자는 권유를 받아 야구를 하는, 그야말로 '아이'로서의 시간을 보냄으로써 오히려 영원히 어린 시절과 작별을 고하는 이야기로 생각하고 있었습니다. 이를 위해서도 아키라의 말과 행동은 어른의 것으로 묘사해둘 필요가 있었다고 봅니다. 어떤가요…….

요시다 님은 제가 "아동 방치 사건의 재발을 막기 위해서도 영화를 봐주기 바란다"고 이야기하고 있으며, 만약 그렇게 생각한다면 이 영화는 "그 의도에 완전히 역행한다"고 썼습니다. "부모에게 버림받은 아이는 정도의 차이는 있을지언정 절대로 자신에게서 가치를 발견하지 못할 것"이며, "그것이 아이를 자해나 타인을 향한 폭력, 탈법 행위로 이끈다"라고요.

요컨대 이런 상황에 놓인 아이들의 그런 행위를 묘사해야만 영화가 사회에 대한 경고장으로 제 역할을 다할 수 있는 게 아닌가, 하는 지적일 텐데요…….

예전에도 '이 영화를 보면 멍청한 어머니는 아이란 내버려둬도 알아서 큰다고 착각하지 않을까'라는 취지의 메일을 받은 적이 있습니다.

요시다 님은 "그 영향에 대해 감독은 어떻게 책임질 겁니까?"라고 썼습니다.

우선 저는 이 영화를 아동 방치 사건의 재발 방지를 목적으로 만든 게 아닙니다. 저를 취재한 기자분이 그런 식으로 기사를 썼을 수는 있지만, 제가 그런 취지의 발언을 한 적은 한 번도 없다고 단언할 수 있습니다.

아주 본질적인 이야기이므로 비판을 각오하고 굳이 쓰겠습니다만, 이 작품을 본 분들이 어떤 반응을 보이고 어떤 감상을 가질지에 대해 저는 일절 책임질 생각이 없습니다. '책임질 수 있다'고 하는 창작자가 있다면 그쪽이 훨씬 위험하며 오만하겠지요. 표현이란 그런 것입니다. 따라서 그런 뜻에서는 요시다 님이 말씀하신 대로 '위험'을 동반한 행위가 맞습니다. 바로 그렇기 때문에 그 각오를 염두에 두고 신중해져야 할 필요는 물론 있지만, 영화를 본 사람의 심리 변화는 분명히 말해 저는 모릅니다. 만드는 사람 입장에서 하는 오만한 말이라 여길 수도 있지만, 저는 보는 사람 입장에서 남의 작품을 접할 때 그런 수동적인 태도로 마주하지 않거든요, 분명히 말해서.

반대로 가령 이 영화를 본 사람이 백 명이면 백 명 다 '아동 방치는 잘못됐다. 내버려두면 아이는 큰일 난다'라고 동일한 감상밖에 가지지 않는다면, 그건 아주 징그러운 일 아닌가요?

본 사람으로 하여금 그런 획일적인 메시지만 품게 한다면 그것이야말로 작품도 아니고 커뮤니케이션조차 아닌, 세뇌이자 단순한 프로파간다일 뿐이지 않을까요……. 저는 그리 생각합니다.

마지막으로 하나만 더 이야기하겠습니다.

요시다 님은 "만약 감독에게 지금도 다큐멘터리 정신이 살아 있다면" 비판적인 의견도 실어보면 어떠냐고 쓰셨습니다. '다큐멘터리 정신'이라는 것이 무엇을 뜻하는지 저는 정확히 모르겠습니다만, 요시다 님의 글로 추측해보건대 작품을 통해 사회에 '모순'을 고발하여 개선해나가는 것을 목적으로 삼는 태도를 가리킨다면, '다큐멘터리'를 인식하는 방식 자체가 틀렸다고 봅니다. 틀렸다는 표현이 너무 세다면, 너무 좁게 인식하고 있다고 봅니다.

저는 '다큐멘터리'란 처음부터 목적이 뚜렷한 프로파간다와는 달리, (취재) 대상과의 관계 지속과 그 변화를 동시 진행으로 기록해나가는 것이라고 인식하고 있습니다. 그러므로 때로는 애초 의도했던 방향과는 완전히 반대쪽에 있는 결론에 이르고 마는 경우도 있습니다. 그것이 재미이며, 어려움이며, 자유로움이며, 다큐멘터리가 지닌 '위험성'이라고 생각합니다. 그런 자유로운 '정신'은 극영화를 만들 때도 잊지 않고 싶습니다. 지금도요.

글이 길어졌습니다. 이걸로 끝입니다.

자극을 받은 덕분에 다시 조금, 제 안에서도 정리가 된 것 같습니다.

(2005년 7월 28일)

감동보다 사유를

최근 십수 년 동안 TV 미디어와 관계를 맺어오며 느끼는 가장 큰 문제점은, 영상 정보는 보는 사람에게 사유를 촉구하기 어렵다는 것이다. 특히 TV의 경우 막연한 분위기로 희로애락을 전하는 데 그치는 경우가 많다. 얼마 전 방영한 닛폰TV의 〈24시간 TV 22 · 사랑은 지구를 구한다〉° 와 같은 프로그램이 그 전형적인 예라고 생각하는데, 거의 모든 방송 정보가 '감동'적인 이야기와 얽혀 나온다. 쉰 살이 넘은 연예인이 100킬로미터를 달린다는 목적 없는 행위가 막판에 가서 부모의 자식 사랑이라는 안이한 감동에 이르는 작위성

° 매년 8월 하순 토요일 밤부터 일요일 밤까지 생방송으로 방영하는 일본의 자선 방송.

에는 역시 마음이 식어버린 시청자도 많았을 것이다. 그러나 거기에는 문제의 본질이 없다. 죄는 방송 여기저기서 펼쳐지는 장애인들의 원영遠泳이나 등산 등의 행위까지 모두 '노력'이나 '우정'과 같은 안이한 감동 실화로 보여줬다는 데 있다. 아마 지금의 복지 현장에 필요한 것은 장애인들이 연예인과 잠시 함께 보내는 비일상적인 감동의 시간 따위가 아니라, 등산이나 원영을 일상적으로 할 수 있도록 제도를 개혁하고 일손을 확충하는 일임이 틀림없다. 복지 현장에서 값싼 감동을 찾으려는 외부 사람의 태도 자체가 복지를 받는 사람과 그 일에 종사하는 사람 양측을 불필요하게 억압하는 것이다. 이런 시선이 복지나 간병 현장에 기술보다 헌신을 요구하는 후진성의 온상이 되고 있다는 것을, 방송을 만드는 사람은 깨달아야 한다. 눈물로 연출된 이야기가 시청자에게 불러일으킬 반응은 기껏해야 "저런 아이들도 열심히 살고 있으니 너도 더 열심히 하렴" 정도의 잡담일 뿐이다. 그러나 문제는 이 방송이 특별히 질 낮은 게 아니라 그것이 TV 영상의 큰 특징이라는 점이다. 사유를 멈춘 채 희로애락이라는 표면적 감정을 자극하고 일깨우는 방송은 장르를 불문하고 화면 속에 넘쳐나고 있다.

또 하나의 문제점은 전하는 쪽에 당사자 의식이 결여되

어 있다는 것이다. 여기서 강조하고자 하는 당사자 의식이란, 중립이나 객관과 같은 감정의 반대편에 있는 '상대 안에서 자신을 보는' 시선을 말한다. 이 시선을 잃은 영상이 '앎知'이 아닌 '정서情'에 작용했을 때 생겨나는 건 히스테릭한 감정적 반응일 뿐이다. 그것이 **분노**로서 직접적으로 분출된 것이 옴진리교°를 둘러싼 현재의 보도다. 영상 미디어는 경찰, 행정과 손잡고 지역 주민의 불안을 마구 부채질한다. 그 행위가 낳는 건 이미 분노의 연쇄일 뿐이다.

"먼저 범죄 행위를 인정하라."

"그런 다음 자신의 행위를 총괄해 사죄하라."

"해산하라."

옴진리교 홍보부장 아라키 히로시의 태도로 대표되듯,°° 신자들은 그런 요구들에 당황하고 판단 능력을 잃은 채 자기 안에 틀어박혀 있는 것처럼 보인다. 경찰과 공안의 홍보물로 변한 미디어는 그런 그들의 자세를 단순히 고발하며

° 아사하라 쇼코가 창시한 일본의 불교계 신흥 종교 집단으로 마쓰모토 사린 사건, 지하철 사린 사건 등의 테러를 일으켰다.

°° 아라키 히로시는 사건 이후 인터뷰에서 "선생님(옴진리교 교주 아사하라 쇼코)이 재판에서 무죄를 주장하고 있는 이상 나는 선생님을 믿는다"라며 사태를 정확히 이해하지 못하는 모습을 보였다.

비판을 반복한다.

그렇다면 그들에게 자신의 행위를 총괄하라고 강요하는 우리는 일장기와 기미가요°°°가 완수해온 역할을 어떤 형태로 총괄한 걸까? 사죄는 끝난 걸까? '침략 전쟁은 없었다'는 식의 주장이 큰 목소리로 들려오게 된 현재 상황 속에서, 일본인이 50년 전에 저지른 행위에 대해 과연 얼마나 많은 사람이 당사자 의식을 가지고 생각하고 있을까? 그렇게 생각해보면, 일련의 살인 사건이야 어쨌든 적어도 지금 갈 곳을 잃고 사유가 멈춰 우왕좌왕하면서도 교단에 매달려 있는 신자들의 모습은 틀림없이 우리 일본인의 모습을 다소 변형해 비추고 있는 거울이다. 거기까지 생각이 미쳤을 때, 분노는 창끝을 자신에게로 돌려 그 성질을 변화시킬 것이다.

미디어 종사자에게 지금 요구되는 것은 단순한 정의감이 아니라 그들의 태도 속에서 스스로를 보려는 자세일 것이다. '대체 우리는 그들과 얼마나 다른 존재인가?' 이 물음을, 옴진리교를 낳은 지금의 일본 사회를 다시 생각할 계기로 삼아야 한다. 미디어는 바로 그 사유를 위해 기능해야 한

°°° 천황의 통치 시대가 천년만년 이어지기를 염원하는 내용의 일본 국가(國歌). 일제 강점기에는 황국 신민화 정책의 하나로 조선인에게 강제로 부르게 했다.

다. 영상 제작자(전달자)는 시청자에게 그런 사유를 요구하기에 앞서, 먼저 스스로 거울을 앞두고 철저하게 사유할 필요가 있다. 교단도, 미디어도, 사회도, 감동보다 사유를 추구하는 냉철한 자세를 취하지 않는다면 아무런 개혁도 시작되지 않을 것이다.

(1999년 11월)

범죄와 책임

리허설도 순조롭게 진행되어 이제 열흘 뒤면 크랭크인. 마지막 촬영이 시작된다.

오늘은 아이들과의 리허설 풍경 등을 즐겁게 쓰려 했지만, 아무래도 용서할 수 없는 정치인의 발언이 매일같이 이어지는 데다 누구 하나 제대로 사과하며 사임하는 인간이 없는 상황이어서, 여기서 조금이라도 문장으로 써두지 않으면 오히려 내 안에 앙금이 오래 남을 듯해 글의 방향을 바꾸기로 했다.

"가해자 소년의 부모는 저잣거리에서 조리돌림을 시킨 뒤 참수형에 처하면 된다"라는 발언의 이면에는 인권이란 게 어떤 때는 인정되고 또 어떤 때는 인정되지 않는 것이라는 인식이 있다. 가해자의 부모에게 인권 따위 없다는 것이다. 아이를 낳지 않고 나이를 먹은 여성 또한 아무래도 노후를 풍요롭게 보낼 권리를 제한당해야 하는 모양이다.° 이 역시 사람은 법 앞에서도 평등하지 않다는 뜻이겠지.

정치인들 사이에서는 식민지 지배라는 폭력에도 좋은 점이 있었다는 망상에 빠져 살고 싶어 하는 병이 퍼지고 있는 듯하다. 아마 지금의 스스로에게 자신이 없어서 어떻게든 자기 긍정을 하고 싶은 게 아닐까. 하지만 분명히 말하건대 그런 어리광은 민폐일 뿐이다.("우리가 원자폭탄을 떨어뜨린 덕분에 당신네 일본인은 그 후 잃을 수도 있었던 수많은 생명을 구했으니 원자폭탄에도 좋은 점이 있었다"라는 말을 미국으로부터 듣는다면 이 정치인은 뭐라고 대답할까…….)

요컨대 그들은 상황이나 조건에 따라 사람이 사람을 죽이거나 폭력으로 지배하는 것도 긍정할 수 있다(용서할 수 있다)고 생각하는 거겠지.

'소년범죄의 책임은 누구에게 있는가'라는 질문에 대한 대답은 사람마다 다양하겠지만, 적어도 '저잣거리에서 조리돌림'을 당할 만한 죄에 물어야 하는 법적 책임은 그 부모에

° 85, 86대 내각총리대신을 역임한 모리 요시로가 "아이를 한 명도 낳지 않은 여성이 자유를 만끽하면서 나이를 먹은 뒤 세금으로 돌봐달라고 하는 건 이상하다"라고 발언한 것을 일컫는다.

게는 없다. 그건 당연하다. 그들이 짊어져야 할 것이 있다면 도의적 책임이다. 만약 정치인이 지금 큰소리로 물어야 할 책임이 있다면, 그건 경찰이나 지자체 같은 공적 역할을 담당하는 존재의 직업적 책임 아닐까?

그 정치인은 그런 당연한 사실을 모르는 인물일 수도 있지만, 적어도 그 죄가 생겨난 원인을 사회에 묻는 것이 지금 세상의 상식일 것이다.

소년을 살인으로 향하게 하는 병리적 현상이 사회에 존재하는 게 아닌가? 미디어의 원래 역할도 이런 질문을 사회에 던지는 것이다. 그렇다면 사회는 그 소년에게 '사람을 죽이는 것'에 대해 어떻게 가르치고 있는가?

아무래도 미국이 이라크에 폭탄을 떨어뜨리는 것은, 폭력이 아니라 오히려 정의라고 불리는 모양이다. 상대의 이름을 빼앗는 것도, 땅을 빼앗는 것도, 문화를 빼앗은 것에 대한 책임도 60년간 유야무야 내버려두면 어물쩍 넘어갈 수 있는 모양이다. 그런 사회에서 우리는 살고 있다. 그런 오늘날의 일본 사회가 열두 살 소년을 살인으로 향하게 만든 것이 아닌가? 사회는 그 소년에게 '사람의 생명을 빼앗는 건 무슨 일이 있어도 나쁘다'고 가르쳤던가? 약자를 폭력적으로 지배하면 안 된다고 가르쳤던가? 가르친 건 그 반대 아니었던가? 그렇게 생각하며 사회의 죄를 스스로 짊어지고, 사회 개혁에 피 흘릴 각오를 하는 것이 정치의 본래 역할 아닌가?

그렇다면…… 조리돌림을 당하고 참수형에 처해야 할 사람이 있다면, 그것은 자신의 역할을 도리어 짓밟아 뭉개고 있는 자가 아닌가? 적어도 자신이라는 존재가 동시대의 범죄를 낳은 사회의 일부인 이상, 그 범죄와 무관하게 스스로를 결백한 존재로 여기고 가해자를 공격하는 부끄러운 행동만은 하지 않겠다고 생각하는 게 제삼자가 지켜야 할 최소한의 윤리 아닌가? 그 정도의 윤리조차 잃어버린 걸까? 분명한 점은 어른이 태연하게 사람을 죽이니까 아이도 사람을 죽인다는 것이다. 결코 그 반대가 아니다.

'권선징악'이라는 말이 그 창피를 모르는 정치인의 입에서 자랑스레 나왔을 때, 그는 명백하게 자신은 선한 쪽에 있다고 생각했을 것이다. 실은 스스로가 '악'을 낳는 사회의 일부를 구성하고 있다고는 전혀 상상해보지 않았을 것이다. 만약 그런 상상력이 있었다면, 정부의 청소년 육성 책임자인 듯한 그는 법적 책임은 없을지라도 도의적 책임을 느끼고 아마 사직하지 않았을까.

공습당하는 이라크인들, 식민지 지배를 받았고 게다가 그것을 60년이 흐른 뒤 다시 반대의 의미로 긍정당하는 사람들, 아이를 낳고 싶어도 못 낳는 이들의 슬픔과 고통과 아픔을 상상하지 못하는 인간에게 '살해당한 아이의 입장이 되어보라'고 말할 자격은 조금도 없다. 타인의 책임에 대해 운운할 자격은 조금도 없다.

(2003년 7월 15일)

지금 다시 읽어보니 문장 자체에 상당히 분노가 도드라져 '젊었구나'라는 느낌이 드네요.

이건 2003년 나가사키에서 일어난, 열두 살 소년이 유치원생을 유괴해 살해한 사건에 대한 글입니다. 당시 정부의 청소년 육성추진본부 부본부장(무슨 농담 같지만 사실입니다)이었던 고노이케 요시타다라는 정치인이 "가해자의 인권을 옹호할 필요는 없다" "아이가 못 나온다면 부모가 나와야 한다" "권선징악과 절도節度의 사상이 전후 교육에서 너무도 빠져 있다"라는 식의 심하게 시대착오적 발언을 했는데, 형벌을, 특히 소년법을 아직도 '교육형'이 아니라 '응보형'으로 보는 이 발언에 분노를 억누를 수 없었습니다.

아마 이때 〈아무도 모른다〉라는 어린 여동생을 죽게 만든 소년에 관한 영화를 찍고 있었기에 더더욱 그냥 넘어가지 못했던 것 같습니다.

모놀로그와 다이얼로그

저는 평소 인터뷰 같은 데서 "당신에게 영화는 무엇입니까" 질문을 받으면 "제게 가장 잘 맞는 커뮤니케이션 수단입니다"라고 대답합니다.

"자기표현이 아닌가요?" 물으면 "으음" 하며 생각에 잠기고 맙니다. 아무래도 그 단어가 제게 잘 와닿지 않습니다. '자기'도 '표현'도요. 역시 '커뮤니케이션'인 것이죠.

다큐멘터리 프로그램을 만들 때도 생각했지만, 제 경우는 취재 대상에게 제 쪽에서 무슨 행동을 취해 상대의 상처를 후벼 파기보다 '듣는' 자세로 그저 곁에 있는 경우가 많은 듯합니다. 상대가 말하고 싶어질 때까지 기다립니다. 귀로서 거기에 존재합니다. 어디까지나 수동태, 리액션이죠. 극영화를 연출할 때도 역시 기본적인 자세는 변함없습니다. 배우와 스태프에게서 나오는 것에 귀를 기울이는 방식입니다.

처음에는 이 방식에 대해, 그런 수동적인 자세로는 작품을 못 만든다고 비판받은 적도 있습니다. 그런데 저는 '말하기'보다 '듣기'가 훨씬 어려운 행위라는 것을 최근 들어 깨달았습니다. 듣는 사람이 존재함으로써, 만약 상대가 없었다면 혼잣말(모놀로그) 혹은 말이 되지 않았을 수도 있는 것이 대화(다이얼로그)가 됩니다. "아……" 하는 맞장구 하나로 풍성한 커뮤니케이션으로 변합니다. 토론이란 '말하는' 기술을 겨루는 일이겠지만, 뭔가 그것과는 다른 가치관으로 평가의 대상이 되기 어려운 '듣기'라는 행위, '상대의 마음이나 생각에 귀 기울이는' 자세를 지금 사람들이 가장 잃어 가는 게 아닐까…… 생각합니다. 분명 저는 '자기표현'이라는 말에서 모놀로그적인 '일방통행'의 냄새를 감지하는 거겠지요.

영화 촬영을 다시 시작합니다. 배우와 저와의, 작품과 저와의, 작품과 관객들과의, 그리고 저와 봐주실 분들과의 풍요로운 커뮤니케이션의 확산을 목표로요.

(2003년 3월 25일)

자기 내면의 정의

오늘은 〈아무도 모른다〉의 의상을 피팅하는 날이었습니다. 아침부터 배우들이 요요기의 사무실에 모여 3월 말부터 시작될 촬영에서 입을 옷을 골랐습니다. 남매 역할을 맡은 네 아이도 모두 건강해 보였습니다.

자, 이제 미디어에 대해 좀 써보겠습니다. TV와 관계를 맺고 있는(있었던?) 한 사람으로서, 또 시청자로서 TV 뉴스를 보며 가장 화나는 건 정치인을 취재하는 기자의 저자세입니다. 특히 이시하라 신타로° 같은 강압적인 인물을 상대할 때면 '취재'라기보다 '삼가 찾아뵙는' 태도이고, 도리어 "그런 건 이제 그만!" 하고 일갈을 들으며 끝납니다. 그 이

° 일본의 우익 보수파를 대표하는 인물이자 소설가.

상 질문도 추궁도 할 수 없습니다. 요컨대 참으로 무른 '추궁'입니다. 정치인도 카메라와 마이크 너머에 일반 시민이 있다고는 조금도 생각하지 않는 양 '불손'합니다. "당신네는 국민의 심부름꾼이라는 의식이 없는 거냐!" 저는 TV 앞에서 외칩니다. 이번 이라크 군사 개입에 대한 이 나라 총리의 태도도 마찬가지입니다.

내용은 둘째치고 적어도 부시와 블레어는 방송국 카메라 앞에서, 국회에서, 즉 국민에게 필사적으로 자기네 정당성을 주장하고 이해를 구하려 하더군요. 그렇게 함으로써 그들이 주장하는 무력행사의 '정당성'에 대한 폭넓은 논의가 생겨납니다. 그것이 권력자와 유권자의 건전한 관계겠지요.

일본의 총리는 그런 '논의'를 내내 피해온 끝에, 정당성과 지지 근거는 미국이 고육지책으로 내놓은 것과 같은 '작년 11월의 유엔 결의'°라고 말해버렸습니다. 그렇다면 작년 11월 그 시점에서 '무력 공격은 이로써 정당하다'라고 분명히 설명했어야죠. 그랬다면 그 해석과 생각에 대해 우리는 적

° 이라크가 유엔의 무장 해제 요구를 받아들이지 않을 경우 '심각한 결과(군사 공격)'가 있을 것임을 경고한 유엔 안보리 결의 1441호를 말한다. 미국은 이 결의를 근거로 2003년 3월 20일 이라크 전쟁을 개시했다.

어도 4개월이라는 시간을 들여 사고하고 논의하고 비판할 수 있었을 겁니다. 그들 정부는 "아직 정해지지 않은 이야기에는……" 하며 우리로부터 그 시간을 빼앗은 것입니다. 분명히 말해 이는 정치인으로서 취해서는 안 될 태도이며, 내용을 지지하고 말고를 떠나 성실함의 문제로 철저하게 비판받아야 합니다.

그도 그럴 게, 그들은 우리를 깔보고 있는 겁니다. 의회도 미디어도 말이죠. 그 분노가 '비전非戰' '반전' 운동에 불을 지피고 있는 거겠지요. 언론은 그런 우리의 정당한 분노를 반영하고 그것이 지속되도록 해야 하는데도 그 역할을 제대로 수행하고 있지 않는 듯합니다.

신문이나 TV 같은 미디어의 존재 의의는 크게 말해 두 가지라고 봅니다. 하나는 우리에게 세상을 알려주는 창문으로서의 역할.(이번뿐만 아니라, 전쟁 보도를 보면 그 정보가 미국발에 치우쳐 창문이 꽤 일그러져 있고 불투명하지만요.) 다른 하나는 말할 것도 없이 권력에 대한 감시 기능입니다. 일본의 경우 이 저널리즘의 역할을 대형 미디어가 충분히 수행하고 있지 않습니다. 이것이 가장 큰 문제입니다.

왜 이런 글을 쓰느냐면, 오늘 평소에는 거의 보지 않는 《요미우리신문》을 읽고 솔직히 분노를 초월해 놀라고 질려버렸기 때문입니다. '고이즈미 총리의 미국 지지 결단은 옳다'라는 제목이 붙은 그 사설은(사설입니다! 칼럼이 아니에요) 미일 동맹의 중요성과 북한의 위험성을 늘어놓은 끝에 미국을 비판하는 건 '국익을 해친다'라고 말한 뒤, 서둘러 유사법제°를 정비해야 한다고 마무리했습니다. 요컨대 북한으로부터 공격받았을 때 미국이 지켜주지 않으면 곤란하므로 '이번 전쟁은 정당하다!' '찬성!'이라고 말하는 겁니다. 게다가 '국익'을 위해 '비판'을 가로막다니 언론으로서 있을 수 없는 일입니다. 자살 행위예요.

이는 이미 '현실주의'라고 부를 수 있는 성질의 것이 아니라 그저 자신의 이득을 따지는 행위일 뿐입니다. 그 타산으로 인해 수많은 이라크인이 목숨을 잃습니다. 그 희생 위에서 지켜지는 우리의 국익이란 대체 뭘까요? 그렇게 미국의 그늘에서 영위되는 우리의 생은…… 아름다울까요? 존경할 수 있을까요?

저는 존경할 수 없습니다. 물론 공격받거나 죽임을 당하고 싶은 건 아니지만, 오른손으로 위기의식을 한껏 부채질

° 일본이 외국으로부터 무력 공격을 받을 경우의 대응 방침을 명시한 법제. 일본의 평화헌법 이념에 어긋나므로 주변국과 시민단체 등이 지속적으로 반대했음에도 불구하고 2003년에 관련 법안 3개가 통과되었다.

해두고서 왼손으로 건네는 더럽혀진 생을 "고마워" 하며 받을 생각은 없습니다. 이 신문은 이미 자민당의 홍보지 수준이에요. 이것이 일본에서 가장 많이 읽히는 신문이라는 점을 생각하면, 지금도 고이즈미 총리의 지지율이 무려 40퍼센트가 넘는다는 믿을 수 없는 상황도 납득이 갑니다.

아마 정치인은 물론 미디어 종사자에게도 오해가 있는 듯한데, 저널리즘이 반드시 '국익'(이 단어 자체가 수상하다고 생각하지만요)을 따르는 건 아닙니다. 다시 말해 일본이라는 공동체의 이익에는 도움 안 되지만 취재하는 경우도 있으며, 보도해야 할 사안은 보도합니다. 당연한 일이지요. 취재 대상이 일반인일 때 인권을 두고 고민하는 건 물론 필요하지만, 국익을 두고는 오히려 고민하면 안 됩니다. 그렇게 미디어가 국익이라는 것에 바짝 붙어 따른 결과가 '전쟁'을 향한 거국일치 체제였으니까요. 그 점을 미디어 종사자는 잊어서는 안 됩니다.

저널리스트가 규범으로 삼고 따르는 것은 공동체의 도덕이나 국익이 아니라 더욱 큰 '윤리'이며 자기 내면의 '정의'입니다.(이는 '사회 정의'와도 다릅니다.) 어떤 사람은 이를 '공공성'이라 부릅니다. 일본에서는 이 '공공성'과 단순히 공동체의 규칙일 뿐인 '도덕'이 구분되어 있지 않으므로 주의가 필요합니다. '새로운 역사, 윤리 교과서'° 등에서 고리타분한 신보수주의자들이 목 놓아 하는 주장을 자기네는 '공공정신'이라고 칭하지만, 이는 기미가요, 히노마루°° 중심의 공동체 도덕을 향한 충성심일 뿐이죠. 오해를 방지하기 위해 써둡니다.

저널리스트가 정치인으로부터 '국익에 반한다'고 비판받는 건 영광이며, 오히려 그것이 본연의 모습입니다. 그렇다면 정치인에게 "시끄러워!"라는 말을 들은 사안이야말로 더욱 철저하게 추궁해야 합니다. 서로의 가치관이 대립하는 권력과 미디어의 관계야말로 오히려 공동체에는 건전한 형태이며, 개인에게도 자기 자신과 그가 속한 사회를 늘 상대화해서 생각하는 시선의 확보라는 측면에서 중요합니다.(요컨대 이쪽 미디어의 의의 또한 자기 자신을 바라보는 '창문'이라 해도 좋겠지요.) 그러므로 저널리스트는 권력자와 거리를 둬야 합니다. 정치인과 저널리스트 결탁의 온상인 '기자클럽'이야말로 반드시 가장 먼저 구조 개혁해야 할 곳입니다. 요

° 일본의 우익 단체 '새로운 역사 교과서를 만드는 모임'에서 만든 교과서를 말한다. 일본의 침략 전쟁과 식민지 지배를 정당화하는 등의 극우적인 역사 인식이 반영되어 있다.
°° 일본에서 일장기를 일반적으로 부르는 말.

미우리 그룹의 수장이 정치인과 고급 요릿집에서 사이좋게 밥을 먹는 건 저널리스트 축에도 끼워주지 못할 타락한 모습입니다. 분명 우두머리가 그렇게 행동하니 그런 사설이 나오는 거겠죠.

공동체에 소속되어 있지 않은 그 시선과 사고를 접함으로써 우리는 공동체의 주인으로서뿐만 아니라, 다시 말해 일본인이라는 경계를 뛰어넘어 세계의 일을 생각한다는 의식을 가지고, 국익의 대립을 초월해 다른 나라 사람들과도 풍요로운 대화를 나눌 수 있게 됩니다.(이때 사람은 비로소 내셔널리즘을 뛰어넘어 인터내셔널한 존재가 됩니다.)

인터넷의 국경을 초월한 연대와 이를 이용한 세계적인 반전 운동의 확산은, 인터넷이 올드 미디어에 비해 국가라는 틀로부터 압도적으로 자유로운 인터내셔널 미디어라는 점과 그 가능성을 드러낸 일이 아닐지요.

이번의 요미우리 사설은 이 가능성으로부터 등을 돌린, 시야가 협소한 글이었습니다.

왠지 비판만 늘어놓고 말았군요. 죄송합니다.

(2003년 3월 22일)

저널리즘의 가치관은 '국익'의 바깥에 있다…… 이 글은 18년 전에 썼던 거네요. 현재 일본은 이런 자세를 보이는 미디어에도 개인에게도 '반일' '비국민'이라는 전쟁 시국 같은 꼬리표를 붙이는 상황입니다. 심각한 위기 상황에 빠져 있지요.

〈공범자들〉이라는 한국 다큐멘터리를 보고 감동했고 동시에 몹시 낙담하고 질투한 이유는, 일본의 경우 '우리는 보도의 자유를 권력과 싸워 획득한다, 획득해야만 한다'는 인식이 미디어 종사자에게도, 일반 시민에게도 결여되어 있기 때문입니다.

언행불일치

2월 8일 아키 님 질문에 대답하는 형태로 이번 이라크 파병에 대한 제 생각을 조금만 써보겠습니다. 아마 '이러니저러니 해도 이미 가는 건 정해졌고, 반대해봤자 별수 없으니 열심히 하고 오라고, 무사히 돌아오라고 응원합시다'라는 뜻에서 요즘 여론조사의 파병 찬성 비율이 늘어나고 있는 거겠죠. 하지만 저는 그런 '별수 없다'는 마음으로 반대에서 찬성으로 의견을 바꾸는 정서적 반응을 받아들일 수 없습니다. 정서는 파병의 근거가 될 수 없다고 생각해요. 그건 결과로서 생겨났을 뿐입니다. 그러므로 당연한 말이지만, 설령 여론조사가 100퍼센트 찬성으로 바뀐다 해도 그것이 파병 자체가 정당하다는 근거는 전혀 될 수 없다는 뜻입니다. 지금, 현재만의 정서적 반응이나 판단에 휩쓸리지 않으려면 자기 안에서 시간을 거슬러 올라가 그 행위의 정당성을 제대로 확인해야 합니다. 거듭해서요.

그런 의미에서 이번 파병에는 거슬러 올라가면 올라갈수록 정당한 근거가 전혀 없어 보입니다. '국제 공헌'이라느니 '테러에 굴하지 마라'느니, 추상적인 슬로건을 나중에서야 이것저것 내세우고 있지만 결국 왜 파병하는가 하면 '미국이 그러라고 하니까'일 뿐입니다. 그 정도의 타산적인 근거예요. 그러니 그런 미화된 말로 이야기하면 안 됩니다.

또 설령 직접적으로는 전투를 목적으로 한 파병이 아니라 해도, 다른 나라에 군대를 보내는 행위가 이다지도 간단히, 그 정도의 근거로 사후 승낙되어도 괜찮을 리 없습니다.

아키 씨는 메일에서 "반대만 하는 건 누구라도 할 수 있어요" "달리 뭘 할 수 있다고 생각하세요?"라고 물으셨는데, 지금 그 질문에 대답한다면 '그럼에도 끝까지 계속 반대하는 것'이 제가 할 수 있는 일의 첫걸음이라 생각합니다. 그래서 이 글도 쓰고 있습니다. 사실 '계속 반대하는' 행위는 누구나 할 수 있는 일이 아닙니다. 그러므로 저는 폭력적일 정도인 정서의 홍수에 맞서 "그럼에도 여전히 북한에 대한 경제 제재를 지지하지 않는다"라고 계속 말하는 일부 정치인이 대단하다고 봅니다. 갑자기 납치의련°에 들어가는 기회주의자들보다 말과 행동에 훨씬 일관성이 있습니다. 이는 정치에 있어 가장 중요한 것 중 하나라고 생각합니다.

백 보 양보해 '정당한 전쟁'이라는 게 있다는 입장에서 이번 전쟁을 바라본 경우에도, 이라크에 대한 미국의 '선제공격'을 '정당'하다고 인정할 만한 근거는 비전문가 나름대로 공부해본바 국제법상에도 존재하지 않습니다. 이는 틀림없이 단순한 침략 전쟁입니다. 이를 인정해버릴 경우, 미국이 '위협'을 느낀다면(이 역시 정서입니다) 전쟁을 개시해도 된다는 뜻이 되고 맙니다.(이미 그렇게 되었지만요.) 따라서 설령 '대량 살상 무기'가 발견되었다 해도 결코 이 전쟁 자체가 정당화되는 일은 분명 없을 것입니다.

한데 일본은 그런 전쟁을 전적으로 지지하고 말았습니다.

스물한 살 학생분께 받은 메일에 있었던, '전쟁을 긍정한 이상 파병해야만 하지 않나'라는 의견에는 일리가 있다고 저도 생각합니다. 단, 그 경우 이라크에 보내는 군대는 '점령군'이라고 불러야 합니다.(설사 미군의 전쟁 행위에 직접적으로는 협력하지 않는다 해도요.) 하지만 그렇게 부르지 않죠. '인도적 지원'이라고 합니다. 이 거짓말을 저는 아무래도 받

○ '북한에 납치된 일본인을 조기 구출하기 위해 행동하는 의원 연맹'의 준말.

아들일 수 없습니다. '인도'라는 아름다운 말을 쓸 자격이 과연 이번 전쟁을 지지한 나라에 있는지 우선 스스로에게 물어야겠지요. 이 말을 쓸 자격은 적어도 전쟁을 반대한 나라에만 있다고 생각합니다.

그러므로 일본이 이라크에 군대를 보낸다면, 고이즈미 총리는 그런 무른 거짓말로 포장하지 말고 "미국은 정당한 전쟁을 했으니 그런 미국과 함께 점령군으로서 군대를 보내 치안 유지에 참여하고, 기회가 되면 전후 부흥의 '경제 지원'을 통해 석유 이권의 국물을 얻어 마시고 싶다!"라고 말해야 합니다. 지지할 수 있느냐 마느냐는 둘째치고, 그가 하고 있는 게 그러하므로 언행을 일치하려면 그렇게 말하는 수밖에 없겠죠.

그럼에도 불구하고 '비전투 지역'에서의 활동이라고 말합니다. 이는 자신들이 말한 파병의 규칙입니다. 하지만 무기는 가지고 다닌다죠. 연합군의 테러는 전투 행위가 아니라죠. 미국의 무기도 운반할지 모른다죠. 그래서 자위대가 간 곳이 비전투 지역이라고요?(무슨 소리죠.) 하고 있는 말과 하려는 행동이 이 정도로 일치가 안 되는 사태도 드물 것 같습니다. 바로 그 불일치가 제가 아무래도 지지할 수 없는 근거입니다.

'계속 반대하는 것 말고 무엇을 할 수 있는가'라는 질문에 구체적으로 대답하자면, 저는 이 전쟁과 파병을 지지하지 않는 정부를 실현하기 위해 제가 행사할 수 있는 권리(선거권)를 행사할 겁니다. 그리고 여기서부터 그다음은 반쯤 망상입니다만, 그 정부가 단호하게 '미국의 이라크 침략 전쟁 반대'를 내걸고, 앞으로 이런 형태의 선제공격에 의한 비인도적인 다른 나라 침략은 설령 상대가 북한이라 해도 두 번 다시 하지 말 것을 미국에 제언합니다. 만약 그런 일이 벌어졌다 해도 전쟁 자금은 일체 부담하지 않겠다며 압력을 넣습니다. 그런 형태로, 미국이 세계를 계속 파괴하는 것을 막는 힘을 가진 나라로서 세상에 공헌합니다. 또 설령 UN이 '정당한 전쟁'으로 인정한 경우라도 일본의 군대는 그 전쟁에 보내지 않고 어디까지나 철저하게 비군사적인 국제 공헌을 합니다. 그러한 형태의 국제 공헌과 군대의 모습(혹은 군대 부정)을 명문화한 헌법을 국민투표로 다시 선택합니다. 그에 입각해 그 규칙을 엄밀히 따르며(즉 현재와 같은 확대 해석의 연속으로 조금씩 진행해버리는 것이 아니라) 세계 속에서 일본만 할 수 있는 역할을 해나갑니다. 예컨대 고베 대지진의 경험을 살린 이란 대지진 때의 의료 지원 등 맡을 수 있는 역할은 얼마든지 있을 겁니다. 여기까지 해야 비로소 저는 '인도적 지원'이라는 말을 기만 없이 쓸 수 있다고 생각하는데, 어떻습니까. 이렇다면 말과 행동이 일치하지 않나요?

이상이 이라크 파병에 대해 제가 생각하는 바입니다. 어떤지요? 비현실적으로 들리나요? 저는 결코 그렇게 생각하지 않습니다.

(2004년 2월 26일)

복수에 대한 생각

어제 시부야의 시어터 코쿤에서 노다 히데키 씨의 〈오일〉이라는 연극을 봤습니다.

완성도가 아주 높고 재미있는 연극이었습니다. 무대 공간 활용법, 특히 상하 움직임을 보여주는 방식(하늘에서 무언가 떨어져 내리거나 땅 밑에서 무언가 솟아오르거나)이 멋져서 한 수 배웠습니다. 그리고 역시 마쓰 다카코 씨의 존재감은 눈에 띄더군요. 석유를 둘러싼 현재의 미국과 중동 간 대립에, 이즈모의 구니유즈리 신화°와 히로시마에 원자폭탄이 떨어진 뒤 진주군의 지배 아래에 있는 일본이라는 세 가지 시공

° 아마쓰가미(일본 신화에서 천상의 공간에 살거나 거기서 강림한 신들의 총칭)가 구니쓰가미(땅에서 나타난 신들의 총칭)로부터 일본 국토를 이양받는 내용의 설화.

간을 여느 때처럼 자유자재로 교차시키며 사람들 마음 깊숙이 '석유(오일)'처럼 잠들어 있는 '복수심'에 초점을 맞추는, 매우 현대적이며 동시대와 관계 깊은, 그럼에도 전혀 설교적이지 않은 작품이었습니다.

이런 작품을 만들어낸 여러분을 존경합니다.

그저…… 딱 하나, 마지막에 주인공이 각성된 복수심을 어떻게 승화해가는가 하는 결론 부분은, 이 연극이 일본 고유의 신화 세계를 무대 중 하나로 택했다는 점과 원자폭탄의 폭격을 받았다는 피해자 감정이 강조되어 있어서 어떤 정치적 위험성을 품게 된 듯합니다. 그 단 하나의 위화감이, 그것이 다름 아닌 결론이기에 제게는 연극에 대한 감상으로 남고 말았습니다.

딱히 연극에 정치적 대답을 요구하는 것은 물론 아니고, 노다 씨가 미국에 대한 복수심을 잊지 말라는 단순한 선동을 바랐던 것도 아니겠지요.

단 거기에, 이 또한 그런 묘사가 꼭 필요하다는 건 아니지만 만약 아시아를 향한 시선, 즉 '아시아에 대해 가해자인 일본'이라는 시선이 중층적으로 도입되었다면, 그 후에 그려진 '복수심'이라는 감정은 보다 복잡하고 성숙해지지 않았을까 합니다. 그리 바라는 건 욕심일까요……. '아시아를 묘사해!'라는 뜻은 아닙니다. 그런 시선으로 '복수심'은 상대화될 수 있지 않았을까 하는 것입니다.

원자폭탄에 대한 기억을 잊지 않으려는 태도를 명확히 내세운다면, 다른 한편에 있는 가해자의 기억도 잊어서는 안 됩니다. 그것은 상호 보완적이어야 합니다. 그것이 좀처럼 안 되니 이렇게도 단순한 '복수'가 세상에 넘쳐나는 게 아닐까요.

그런 생각을 했습니다.

'복수'에 대한 제 생각을 보다 깊이 있게 만들 수 있어서 연극을 보는 동안에도 보고 난 뒤에도 좋은 시간을 보냈습니다.

(2003년 4월 25일)

타자를 상상하는 능력이 훨씬 중요하다

소복 집단°의 주거지와 자동차를 경찰이 강제 수사했다는 뉴스를 봤습니다. 자동차의 명의자와 사용자가 다르다는 이른바 별건 용의(경범죄)를 구실로 삼은 수사인데, 이는 예전부터 경찰이 재일조선인 및 그 집단에 행해온 것과 같은 수법입니다.(이 경우 전에는 외국인등록증 미소지라는 것을 자주 구실로 삼았죠.)

TV로 보기에 후쿠이현의 이웃 주민들은 "매스컴이 야단법석이라 아무것도 할 수 없으니 조용히 좀 했으면 좋겠다" 하며 오히려 TV 취재를 민폐로 여기는 듯했습니다.

° 스칼라 전자파(가설적 전자파의 일종)가 인체에 유해하다고 주장하며 그것을 막기 위해 소복을 걸치고 다니는 일본의 종교단체로, 정식 명칭은 '파나웨이브'.

자기와 모습이 다르거나, 다른 신을 믿거나, 다른 형태로 생활하면 '왠지 기분 나쁘다'는 거겠지요. 이해가 안 돼. 그래서 무서워. 그렇다면 이해하려고 노력하면 될 텐데요……. 미디어는 그것을 위해 존재할 텐데, 지금은 반대로 상호 이해(대화)에 방해되는 행동을 하는 경우가 많습니다.

거기에는 '반대로' 그들이 보기에는 우리도 충분히 꺼림칙하지 않은가 하는 시선이 아무래도 빠져 있는 듯합니다. 북한의 기쁨조나 매스게임과 비슷한 건 창가학회°°에도 있으며, 설날에 고쿄°°°에서 일제히 일장기를 흔드는 모습은 과거가 존재하는 만큼 아시아 사람들 눈에 충분히 꺼림칙해 보이지 않을까요.

미국이 이라크에 군사 개입한 이유와 마찬가지로, 아무래도 미디어와 경찰과 시민에게는 '당한 뒤에는 늦다'라는 것이 '옴진리교의 교훈'으로 남은 모양입니다. 그러나 저는 역시 그 사건에서 배워야 할 부분은 마쓰모토 사린 사건°°°°에서 피해자의 가족을 범인 취급했던 것, 일련의 사건을 이유

°° 일본의 불교계 신흥 종교.
°°° 천황의 거처.
°°°° 1994년 나가노현 마쓰모토시에서 옴진리교도들이 신경가스 사린을 살포해 다수의 사상자를 냈다.

로 사람들의 불안을 조장하여 시민의 자유(사상 신조의 자유라는 대원칙도 포함하여)보다 테러특별조치법이나 이번 유사법제처럼 국가 권력의 사정을 우선하는 법률을 안이하게 허용해버리는 상황을 정부에 용인한 것 등, 미디어의 '실패'에 있다고 생각합니다.

예전에 좀 조사해본 적이 있는데, 고레에다是枝라는 제 성은 원래 가고시마현 고유의 성으로 먼 옛날 산악 지역에 살던 수도자가 선조인 모양입니다. 요컨대 정착민이 보기에는 소복 차림으로 정착하지 않는 '꺼림칙한' 존재였던 셈이죠. 정부 입장에서는 그런 비정착민이 가장 파악하기 어렵고, 세금(조세)도 안 내니까 최우선 관리 대상이 됩니다. 그로 인해 메이지시대까지 존재했던 '산카'°와 마찬가지로 정착화가 진행되어 생활 형태로는 얼마 못 가 사라지게 된 것입니다.(유럽 각지에서 정착 정책이 진행되고 있는 집시 같은 사람들이죠.)

그렇게 손에 넣은, 모두가 비슷한 집에 살고 비슷한 옷을 입고 같은 가치관 속에서 생활한다는 '안도감'. 사실 그것은

° 일찍이 일본에 존재했던 것으로 보이는 방랑민 집단으로 산이나 오지에서 이동 생활을 했다.

생물로서의 다양성을 잃는, 인간에게는 매우 불건강한 사태와 떼려야 뗄 수 없는 관계에 있다고 봅니다.

상상력이 중요하다고들 여기저기서 거듭 말하는데, 이건 딱히 상대의 기분에 동화하는 게 아니라 자신과는 다른 가치관으로 살아가는 사람들의 존재, 그리고 그런 그들이 보는 우리의 것과는 다른 세계상을 상상하고 인정하는 일이기도 합니다. 오히려 그런 '타자'에 대한 상상이 훨씬 중요하다고 저는 생각합니다.

(2003년 5월 15일)

무른 태도

엄청 늦었지만 여러분 새해 복 많이 받으세요. "튼튼한 게 가장 큰 자랑"이라고 늘 말해온 저였지만 지난주부터 일주일 동안 감기로 자리에 누워 지냈습니다. 몇 년 만인지 기억을 더듬어봐도 전혀 생각나지 않을 정도로 오랜만에 낸 '병가'입니다. 드디어 오늘부터 컨디션이 회복되어 일터로 돌아왔지만 아직 어딘가 몸이 몽실몽실한 느낌입니다. 그래서 요 며칠은 집에서 드러누워 연속극을 봤습니다. 〈하얀 거탑〉 〈모래그릇〉 〈신센구미!〉 〈프라이드〉…… 교과서대로 가고 있습니다.

〈하얀 거탑〉은 이시자카 고지, 니시다 도시유키 등 조연의 악인 연기가 좋아서 매 화 꼭 챙겨보는데요, 요즘 이 두 사람의 등장 횟수가 줄어듦과 동시에 선악의 도식과 연기가 다소 뻔한 방향으로 흘러가고 있어 조금 아쉽습니다.(가라사와 도시아키 씨가 연기하는 의사 자이젠이 실패할 것 같은 수술을 어떻게든 성공시켰을 때 "쳇" 하고 혀를 차던 이시자카 고지의 일그러진 입매가 너무도 멋져서 VTR을 되감아 다시 한 번 봤을 정도로 좋았습니다.) 그나저나 과연 이노우에 유미코 씨의 각본이에요. 장면 전개도 훌륭하고 구성이 탄탄합니다.

자, 다른 세 작품 이야기는 좀 자제하기로 하고요, 요전에 메일을 주신 오카타에 님께 드리는 답신입니다.

저는 와세다대학을 다녔지만 분명 도강으로 릿쿄대학 하스미° 선생님의 수업 〈영화표현론〉을 들었던 시기가 있습니다. 벌써 20년도 더 지난 일이라 자세한 건 잊어버렸지만요.(당시의 공책을 책장에서 꺼내면 아마 여러 기억이 떠오르겠지요.) 1984년, 1985년 무렵이었던 것 같습니다. 어째서 연도를 기억하느냐면, 첫 회 강의를 들으러 갔을 때 다음 주까지 안드레이 타르콥스키의 〈노스텔지아〉를 보고 오라는 말을 들은 것과, 평소에는 경묘하게 학생들을 웃기며 이야기하는 하스미 선생님이 몹시 침통한 표정으로 "아무래도 프랑수아 트뤼포가 세상을 떠난 것 같아……"라는 말을 교단에서

° 문학평론가이자 영화평론가 하스미 시게히코를 말한다.

중얼거렸던 것을 선명하게 기억하고 있기 때문입니다. 그게 1984년이었죠, 아마.

지금 생각하면 당시 제가 선생님의 말을 얼마나 이해했을지 몹시 의문이고, 강의의 세부 내용도 잊어버렸습니다. 하지만 그때는 솔직히 매주 컬처쇼크 정도의 충격이 있었습니다. 제가 대학 생활 5년 동안 유일하게 성실히 출석한 강의였다고 해도 과언이 아닐 겁니다. 인생관이 바뀌었다기보다 세계관이 바뀌는 듯한 커다란 만남 중 하나였던 것은 틀림없습니다.(여담이지만 그전의 큰 만남은 사실 순다이 재수학원 시절의 후지타라는 국어 선생님과의 만남이었는데요, 이건 또 다른 이야기입니다.)

오카타에 님이 말씀하신 대로, 아마 그때 같은 강의실에 시노자키 마코토° 감독, 시오타 아키히코°° 감독, 아오야마 신지°°° 감독도 있었을 겁니다. 그러나 저는 어디까지나 외부에서 온 청강생이기도 해서 그들과 대화를 나눈 적이 없

° 릿쿄대학에서 하스미 시게히코로부터 영화를 배웠고, 1996년 〈오카에리〉로 데뷔하여 최근까지 작품 활동을 이어가고 있다. 릿쿄대학 교수로 재직 중이기도 하다.

°° 릿쿄대학 재학 중에 만난 구로사와 기요시 감독과 독립영화를 만들었고, 기요시의 데뷔작 〈간다천음란전쟁〉에서 조연출을 맡기도 했다. 1998년 〈달빛의 속삭임〉으로 데뷔했다.

었습니다. 아쉽게도요. 와세다대에 제 졸업 논문을 맡아주신 이와모토 겐지라는 은사님도 계셨고, 졸업한 뒤에는 TV 업계로 들어와버렸으니 제게 '하스미 문하생'이라는 인식은 별로 없습니다. 오히려 그런 인식을 가져서는 안 된다고 생각합니다.(하스미 선생님도 저에 대해서는 전혀 기억이 없으실 테고요.)

그러나 역시 그 강의를 듣고 '영화'에 대해 보다 깊게 생각하게 된 것만은 틀림없습니다. 들을 수 있다면 지금 다시 들어보고 싶기조차 해요.

다시 TV 드라마 이야기로 돌아가겠습니다. 연말연시에도 〈히데요시〉를 비롯한 여러 스페셜 드라마를 흘끗거렸는데, 한 가지 마음에 걸렸던 건 주인공이 "전쟁은 옳지 않아" "싸움은 아무짝에도 쓸모없어"라고 무턱대고 중얼거리는 거예요. 요전에 본 〈신센구미!〉의 히지카타 도시조°°°°도 그렇게 말해서 놀랐는데요, 하지만 결국 모두 죽입니다. 싸웁니

°°° 구로사와 기요시 감독과 더불어 하스미 시게히코의 대표적인 제자로 알려져 있다. 1996년 〈헬프리스〉로 데뷔했고, 2000년 〈유레카〉로 칸 국제영화제 심사위원상을 수상했다.

°°°° 에도막부 말기의 신하이자 신센구미(에도 말기에 교토의 치안 유지를 목적으로 활동한 경비부대)의 부장으로 조직 내의 기강을 바로잡는 일을 도맡았다.

다. 마지못해 하면서요. 〈황혼의 사무라이〉도 그랬지만요. 아무래도 '죽이지 않는다는 선택지는 그들에게는 있을 수 없었다'라는 시대의 봉건성을 그리고 싶었던 것으로는 보이지 않는데…… 싸움이나 살인은 모두 가족을 위해서나 세상을 위해서라는 거죠.

보고 있으면 곤란한 점은, 만든 이의 시선이, 서 있는 곳이 어디인지 모르게 된다는 겁니다. 그건 지금 시대를 향한 소소한 메시지인 걸까요. 즉 '평화주의'의 표명인 걸까요. 사람을 죽이는 것에 저항감을 느꼈으면 하는, 인간성에 대한 소망인 걸까요. 만약 그렇다 해도 그게 메시지로 기능한다고 생각하는 걸까요. 그건 '살인'하는 쪽도 고뇌하고 있다, 사실은 평화를 바라고 있다, 하고 싶어서 하는 게 아니다, 하는 구실을 '권력자'에게 쥐어줄 뿐 아닌가요.

주인공의 그 '고뇌'와 '모순'은 민주주의를 전파하기 위해서라며 이라크를 공습하는 미국과 어디가 다른가요? 그 모순은 평화를 위한 공헌이라고 말하며 이라크를 위해서가 아니라 미국을 위해 파병하는 일본과 같지 않나요? 확신범처럼 전쟁에 가담할 것을 표명한다면 또 모를까, 아마 만드는 이는 의미 없는 선의가 질 나쁜 악의로 변질된 것을 깨닫지 못한 게 아닐까 싶기도 합니다.

연애나 우정이나 가족애를 재미있게 보여주기 위한 장치로 이용했을 뿐이라면, 극작술로서의 전쟁이라고 말하는 편이 훨씬 후련할 텐데. 왠지 보고 있으면 그 무른 태도에 속이 매우 부글거립니다. 고작 TV 드라마라고 생각할 수도 있지만 저는 진심으로 화가 났습니다. '그래도 결국 죽일 거잖아?' 하고, 콧물을 흘리면서요.

(2004년 1월 30일)

귀를 기울이는 법

'말'은 정말 어렵습니다. 상대에게 가닿을 말로 이야기하는 건 웬만해선 힘들다고 생각해요. 저는 다큐멘터리란 '상대의 언어로 이야기하는' 행위라는 것을 방송을 만들기 시작하고 시간이 좀 지난 뒤에 깨달았습니다. 그것이 일반적으로 말하는 극영화와의 가장 큰 차이점이겠지요. '상대의 언어로 이야기하기' 위해서는 우선 철저하게 상대의 언어에 귀를 기울일 필요가 있습니다. 그렇게 함으로써, 일테면 제가 쓰는 '희망'이라는 말과 상대가 쓰는 '희망'이라는 말이 과연 같은 의미인지를 살펴보는 것입니다. 대부분은 다릅니다. 거기에는 미묘한 차이가 있습니다. 서로 다른 인생을 걸어왔고 상이한 가치관으로 살았으니 당연한 일입니다. '다르다'는 것이 대전제이고 그 위에서 커뮤니케이션을 모색해나갑니다. 작품화할 때 주의를 기울여야 할 점은 눈앞의 타자에게 귀를 기울이는 게 아니라 자신의 언어와 세계관으로 상대까지 덮어버리지는 않았나, 즉 자기표현의 부품으로서 적절한 코멘트만 잘라내어 이쪽 세계에 봉사하게 만들지는 않았나 하는 것입니다. '조작'도 이런 행위의 일종인 경우가 많은데, 그리 되면 더 이상 다큐멘터리를 찍는 의미가 없습니다. 거기서는 어떤 만남도, 발견도, 자기개혁도, 커뮤니케이션도 생겨나지 않을 테지요.

'상대의 언어로 말하려는 것' '상대의 언어에 귀 기울이는 것'. 거기서부터 자신의 문체를 형성해나가는, 일견 멀리 돌아가는 듯한 행위 속에서 다큐멘터리는 반짝임을 발견합니다. 그것은 미국식 토론이나 〈아침까지 라이브 TV〉와 같은 토크 배틀 방송의 정반대편에 있는 대화라고 생각합니다. 이는 다큐멘터리 현장뿐만 아니라 다양한 커뮤니케이션의 장에도 적용되는 이야기가 아닐까 합니다. 오늘날 일본 정치권에서 가장 부족한 것이 바로 이 능력 아닐지요. 그들은 자신의 심정을 토로하기 위해서만 언어를 씁니다. 그것이 타인에게 상처를 줄 수 있다는 상상력도, 듣는 능력도 없습니다.

"나는 참배하고 싶으니까 하는 거야. 뭐가 나빠!"라는 건 그저 '자신의 언어'로 이야기하는 것일 뿐, 그 말과 행위가 어떤 형태로 상대에게 가닿을지는 전혀 생각하지 않는 무책임한 자기표현에 지나지 않습니다. 그런 건 표현조차 아닙니다. 하물며 정치인의 말인데 괜찮을 리 없죠. 타인은 상처받고 있는데 자신이 쓴 내레이션에 눈물을 흘리는 듯한 광경입니다. 만약 연출가라면 그런 녀석은 최악이죠. 슬리퍼로 뒤통수를 얻어맞습니다.

애초에 아무리 본인이 '사적인 참배'라고 말해봤자, 국내외에서 정치적 파문이 일고 있는 시점에서 그건 공적인 행위입니다. 본인이 사적인 참배로 생각하거나 말거나 그건 본인에게 말고는 전혀 의미가 없습니다. 그러므로 "사적인 참배입니까, 공적인 참배입니까"라는 기자의 질문 자체가 처음부터 핀트가 어긋나 있는 겁니다. 공적이었든 사적이었든 그 결과 생겨난 사회적 영향에 대해서는 당신은 총리로서 공적으로 책임을 추궁당한다고, 그렇게 압박해야 합니다.

아무리 "인도적 지원이야. 전쟁에 나가는 게 아니야"라고 외쳐봤자 상대가 그렇게 받아들이지 않는다면 그런 말은 아무 의미도 없겠죠. 여하튼 상대의 나라에 군대를 보내는 거니까요. "애정 표현이잖아"라고 아무리 외쳐봤자 당한 사람이 "성폭력입니다"라고 말하면 당연히 그건 '성폭력'이겠죠. 말이란 입에서 나온 시점에 절반은 이미 자신의 것이 아닙니다. 그렇게 생각해야만 합니다. 그 정도로 예민하고 미묘하며, 게다가 때로는 폭력적이므로 특히 미디어나 정치인이 쓸 때는 신중함이 거듭 요구되어야 합니다.

'심정'이나 '본심'을 아무 데서나 내뱉는 것이 자기다운 행위이며, 그 솔직함이 인기로 이어진다고 착각하는 정치인은(고이즈미나 이시하라 말입니다) 역시 적어도 '공적인 일'은 하면 안 된다고 봅니다. 이시하라가 어떤 마음으로 '지나'[o]라는 말을 썼는지 따위 남들에게는 아무래도 상관없습니다. 그 말을 들은 중국 사람들이 어떻게 느끼느냐가 전부죠. 중국인들에게는 그 말이 폭력이니까요. 그것이 공적인 자리에서 쓰는 말의 규칙일 테죠. 무슨 일이 있어도 쓰고 싶다면 자기 소설에다 쓰면 됩니다. 그건 말릴 생각 없습니다. 저는 안 읽겠지만요.

이번에 불행히도 이라크에서 인질로 잡힌 사람들은 그들 나름대로 상대의 언어로 '인도적 지원'을 인식하고, '저널리즘'을 본질적인 면에서 생각해 그것을 행동으로 실천하려 했던 게 아닐까…… 지금 있는 정보로는 그런 판단이 듭니

o 일본이 한때 중국에 대한 멸칭으로 사용했던 말.

다. 일부 신문 사설 등에서는 자업자득이라는 듯한 비판을 실었는데, 원래라면 대형 신문사 기자가 자신의 눈과 발로 취재해 이라크의 현재 상황에 대한 기사를 쓰는 입장에 있겠지요. 그러나 그들은 정부나 군을 홍보하는 역할밖에 수행하지 않게 되어(《산케이》나 《요미우리신문》 말입니다) 아부성 기사 따위나 쓰며 만족하고 있습니다. 바로 그렇기 때문에 프로 저널리스트의 눈을 통해 저 같은 사람도 이라크 현 상황의 일부분이나마 가까스로 접할 수 있다는 것에 감사하며, 현지에서 의료와 교육에 종사하고 계신 NGO분들께는 정말로 머리가 숙여집니다. 그걸 잘도…… 바로 그 신문이, 안전지대에서 큰소리로 자업자득이라고 말할 수 있나 싶어 저는 강한 분노를 느꼈습니다. 애초에 퇴거 명령을 내려야만 하는 상황을 만든 원흉은 점령군의 존재이지 않습니까. 일본의 군대는 명백히 그 일부를 담당하고 있고요.

그 오만방자하고 상대에게는 폭력으로밖에 받아들여지지 않는 '인도적 지원'이 참된 의미의 인도적 지원을 위험에 노출시키고 있습니다.

그리고 작은따옴표가 붙은 '인도적 지원'은 담장 안에서 우물을 파고 있습니다. 담장 안에서 우물을 파는 그 행위는 그야말로 '상대의 언어로 이야기하는' 것의 정반대편에 있는 행위겠지요. 상대에게(이 경우 물론 이라크입니다) 가닿고자 하는 의지가 없는 자폐적이며 자기만족적인 '지원'은 결코 상호 이해로 나아갈 수 없습니다. 저는 그렇게 생각합니다.

민간인 세 명을 희생시키고도 수많은 군인이 담장 안에서 계속 우물을 팝니다. 이는 이미 희극조차 아닙니다. 귀를 막은 채 "여기는 비전투 지역이다" 중얼거리면서요. 그로테스크합니다. 그 우물에서 언젠가 석유라도 나오는 걸까요? 또 파병 전에는 '반대'였지만 막상 파병하자 "이미 갔으니까 열심히 해", 그리고 지금은 "철수하지 마! 테러에 굴하는 셈이 돼!"라고 하는 말들. 이러한 추인追認의 말들에서는 만남도, 발견도, 자기개혁으로 이어지는 계기도 전혀 찾을 수 없다는 것이 지금 저의 솔직한 감상입니다. 그런 말들에서는 커뮤니케이션을 바라지 않는다는 느낌이 듭니다. 하지만 이런 나약한 소리를 할 때가 아니지요. 그럼에도 들려오는 말에 귀를 기울이고, 상상력을 풍부하게 발휘해나가는 것 말고는 할 수 있는 게 없을 테니까요.

현재의 자신을 긍정하기 위해 내뱉은 본심 말고 다른 말을 듣고 싶고, 저 자신도 그런 말을 하기를 간절히 바랍니다.

(2004년 4월 12일)

공평함이란 무엇인가

선거 기간이든 아니든, 보도 관련자든 아니든, 방송국 직원이든 제작회사 스태프이든, 방송을 업으로 삼는 사람이라면, 또한 자신의 직업을 진지하게 마주한 적이 한 번이라도 있는 사람이라면, 공평·중립·공정이란 무엇이냐는 난해한 질문 앞에서 고민하고 멈추고 두려워한 경험이 분명 한 번쯤은 있을 것이다. 그리고 진지하게 생각하면 할수록 그것은 이번에 자민당 필두부간사장과 보도국장의 이름으로 각 도쿄 주요 방송국에 보낸 '요청'°에 쓰여 있는, 출연자의 발언 횟수나 시간을 기계적으로 같게 만들거나 거리 인터뷰에서 나오는 찬반 의견을 같은 수로 만드는 등의 임시변통적 잔재주로는 결코 획득할 수 없다는 사실을 깨달을 것이다. 그럼에도 불구하고 그런 태도를 방송인에게 요구하고, 또 그것을 달게 수용하려는 행동은 참된 공평함이란 무엇인가에 대해 계속 사유하기를 포기한 사람, 고소당했을 때 재판에서 지지 않기 위한 변명을 생각하는 고식적인 변호사, 혹은 방송의 자주성과 자율성을 우습게 보며 부끄러움을 모르는 인간이 하는 짓이다. 물론 거리 인터뷰에서 취재한 찬반의 목소리를 어떻게 편집하고 구성할지는 제작진의 몫이다. 그들의 의도가 무엇이냐에 따라 찬성과 반대의 수가 반드시 같지 않을 수도 있다. 스튜디오로 초대한 게스트에게 충분한 반론의 기회를 주는 방식으로 반대 의견을 던지는 것은 오히려 제작자의 성실하고 공평한 태도의 표명일 것이다.

게스트는, 그가 정치가라면 더더욱 그런 기회를 얻은 데

○ 2014년 11월 18일, 당시 일본의 총리 아베 신조는 한 TV 프로그램에서 아베노믹스에 대해 찬반양론을 펼치는 길거리 인터뷰를 보고 "이상하다. 방송국이 의견을 골라 내보낸다"며 불편함을 드러냈다. 본문에서 말하는 자민당의 공문은 그 이틀 뒤인 11월 20일에 발송된 것으로, '출연자의 발언 횟수 및 시간에 공평을 기할 것' '게스트 출연자 등의 선정에도 공평·중립·공정을 기할 것' '주제에 대해 특정 입장에서 특정 정당 출연자로 의견이 집중되는 일 등이 없도록 공평·중립·공정을 기할 것' '거리 인터뷰, 자료 영상 등에서 일방적인 의견 편향 혹은 특정 정치적 입장이 강조되는 일이 없도록 공평·중립·공정을 기할 것' 등의 내용이 담겨 있었다. 이에 일본민간방송노동조합연합회는 "정당이 보도 방송의 구체적인 표현 수법까지 간섭하며 시시콜콜 요청하는 것은 전대미문의 일이자 용서하기 힘든 만행"이라며 거세게 반발했다.

감사하며 자신의 정당성을 주장할 기회로 여기는 것이 일반적이다. 그 기회를 살리지 못하는 원인은 본인의 커뮤니케이션 능력, 즉 반사 신경과 동체 시력이 둔하기 때문이다. 이를 방송의 공평성이 결여된 탓으로 돌리는 건 참을 수 없다.

애초에 양론병기는 그 사안을 접한 사람에게 보다 깊은 사유를 촉구하기 위한 하나의 수단에 불과하다. 그럼에도 이를 방송의 공평성 유지를 위한 충분조건이라고 생각해 거기서 사유를 멈춰버린다면 시청자의, 나아가 사회의 성숙을 어떻게 촉구하겠는가. 이번의 '요청'은 그 의도가 노골적이고 치졸하며 불손하기에 오히려 '방송은 누구의 것인가'를 생각할 좋은 기회가 되지 않았나 싶다. 아니, 그렇게 생각하는 것 말고는 방송에 대한 권력의 이 이상한 개입을 긍정적으로 받아들일 길이 없다. 과연 방송은 스폰서의 것인가? 권력의 홍보물인가? 둘 다 아니라면 방송인은 무엇으로 자신을 규제해야 하는가? 계속 생각해볼 필요가 있다.

이 공갈로밖에 보이지 않는 '요청'에 대해 아무 반응 없는 방송국의 침묵이 겁에 질린 묵인이 아니라 여유로운 묵살을 뜻한다면, 내가 느낀 불안과 걱정은 기우에 불과하겠지만,

과연 어느 쪽일까. 방송은 공공성을 띠지만 국영은 아니라는 점, 그 복잡한 위치를 어떻게 마주하고 무엇과 대치해나갈까. 방송국의 그런 각오와 긍지를 기대하며 우리는 계속 주시해야 한다. 이는 물론 선거 기간에 한정된 일은 아니다.

(2014년 12월 13일)

해외에서는 잘 모를 수도 있지만 나는 명백히 TV(=방송)라는 미디어 출신이며, 방송 제작자라는 입장에서 벗어난 이후에도 일본 방송에 대해서는 관여하고 발언하고 거듭 글을 써왔다.

정치가도 일반인도 그리고 방송에 종사하는 많은 사람들까지 공공과 국영을 구별하지 못하는 특수한 나라에서 올바른 방송의 모습에 대해 말하기란 불모에 가까운 일일 수도 있다고 생각하지만, 분노가 가라앉지 않아 말한다. 특히 이 제2차 아베 내각의 중심인물 아베 신조와 스가 요시히데 두 사람에 의한 미디어 지배로 일본에서, 적어도 방송에서는 건전한 저널리즘이 거의 자취를 감췄다 해도 과언이 아니다. 방송이 '오와콘'°이라느니 '매스고미'°°라느니 하는 더러운 말로 비난받고 있다는 건 잘 알지만, 가냘픈 희망과 그럼에도 힘껏 싸우려는 동료를 위해 나는 앞으로도 계속 발언할 작정이다.

ㅇ '오왓타 콘텐츠(끝난 콘텐츠)'의 줄임말로 한때는 유행했으나 시대에 뒤떨어져 버림받은 콘텐츠를 가리키는 비속어.

ㅇㅇ '매스컴'과 '고미(쓰레기)'의 합성어.

누가

미아가 되었다.

여섯 살인가 일곱 살 때였을 것이다. 어머니와 둘이 뭘 좀 사러 갔다가 돌아오는 길. 늘 타고 다니던 도부도조선 전철에서 일어난 일이었다. 나는 차창 밖 풍경 구경을 무엇보다 좋아했는데, 좌석에 앉은 어머니로부터 조금 떨어진 문 앞에 서서 해질녘 거리를 눈으로 좇고 있었다. 풍경이 멈췄다가 다시 움직이는 그 반복에 푹 빠져 있던 나는 시야에서 멀어져가는 '시모아카쓰카' 역 이름을 보고 얼어붙었다. 우리가 내려야 할 역이었다. 허겁지겁 열차 안을 살폈지만 어머니는 이미 그곳에 없었다. 나중에 안 사실인데, 하차하는 인파 속에서 순간적으로 나를 놓쳐버린 어머니는 시모아카쓰카에서 내린 다른 소년을 나로 착각해 개찰구 바깥까지 쫓아갔던 모양이다.

다음 역에서 내리면 거기서부터 집까지는 초등학교 통학로다. 혼자서도 어떻게든 집을 찾아오겠지. 어머니는 그리 생각하고는 그대로 집으로 돌아가 저녁밥을 지으며 나의 귀가를 기다리기로 했던 듯하다. 그러나 열차에 남겨진 내가 그 사실을 알아차린 것은 이미 전철이 다음 역을 통과한 뒤였다. 그 두 번째 실패에 어지간히 당황했는지, 나는 퇴근하는 회사원들로 좌석이 거의 찬 전철 안을 허둥지둥 돌아다니기 시작했다.

'어쩌지, 어쩌지.'

나는 가만히 있지 못하고 어찌할 바를 몰라 그저 우왕좌왕을 거듭했다. 그때 내가 짊어진 불행에는 어떤 관심도 보이지 않던 승객들의 모습이 인상에 강렬하게 남아 있다. 오싹할 정도로 차가운 풍경이었다. 그 풍경과 나의 무관함이 불안을 한층 부채질했다. 그대로 내버려뒀다면 종점인 이케부쿠로까지 끌려갔겠지만 도중에 어느 모녀가 나에게 말을 걸어줬던 것 같다. '것 같다'고 하는 이유는 그 순간이 내 기억에서 뻥 뚫려 있기 때문이다. 기억 속 다음 장면에서는 내가 역 플랫폼에 위치한 어둑어둑한 역무원실 같은 곳에 덩그러니 앉아 있다. 아마도 그 모녀가 나를 불쌍히 여겨 전철에서 데리고 내려 역무원을 불러주지 않았나 싶다. 나는 그 곳에서 어머니가 오기를 기다리게 된 것이다. 완전히 어두워진 풍경 속에서 두 은인이 다시 전철을 타고 사라져가는 모습을 기억하고 있다. 유리창 너머로 보이는 중학생쯤 되는 소녀는 '이제 괜찮아'라는 듯 살며시 미소 지었다. 어머니를 기다리는 모습이 너무 쓸쓸해 보였는지 곁에 있던 역무원이 내 손바닥에 사탕을 하나 쥐어줬다. 누가였다. 캐러멜 같은 식감의 하얀 사탕. 역무원의 얼굴은 잊어버렸다. 부끄러워서 아마 보지 못했을 것이다. 나는 감사하다는 말도 없이 그 누가를 입에 넣었다. 얼마쯤 씹었더니 단맛 너머로 땅콩의 고소함이 입안 가득 퍼졌다. 맛있었다. 아…… 다음에 어머니한테 이 사탕 사달라고 해야지, 생각했다. 그 순간 내 안에서 불안은 사라졌다.

미아가 되었을 때 그 아이를 덮치는 불안은 아마도 부모를 잃었다는 단순한 감정이 아닐 것이다. 그건 나 따위 아무도 아랑곳하지 않는 '세계', 그리고 그 무관심과 어쩔 수 없이 직면하게 된다는 커다란 당혹감이다. 그 소외감의 체험이 소년을 공포의 밑바닥으로 밀어 떨어뜨리는 것이리라. 자신을 무조건적으로 받아주고 감싸주는 존재의 곁을 떠나 '타자'로서의(그것이 선의든 악의든) 세계와 마주하는—사람이 어른이 되어가는 과정에서 언젠가는 누구나 경험해야 할 이런 뜻밖의 만남을 예행연습으로서 폭력적으로 강제 체험하는—것이 미아라는 경험 아닐까. 바로 그래서 미아는 갓 난아기처럼 울부짖는 것이다. 홀로 세계에 내팽개쳐졌다는 공포로 인해 세차게 우는 것이다. 그리고 제아무리 울어봤자 이제는 고독하게 세계와 마주해나가야 한다고 깨달았을 때, 소년은 자신이 미아라는 점과 결별하고 어른이 되는 게 아닐까. 그때를 경계로 어머니는 자신을 감싸 안아주는 세계 그 자체가 아니라 세계 한구석에서 자신을 기다려줄 뿐인 조그만 존재로 변한다. 한때 미아였던 어른은 그것을 깨달은 순간 이번에는 남몰래 운다.

그날 밤 역으로 데리러 와준 어머니에 대한 건 어찌 된 일인지 전혀 기억나지 않는다. 단, 지금도 함께 전철을 타면 어머니는 그때의 일을 떠올리고는 "근데 너랑 정말 닮은 애였어. 뒷모습이 말이야……" 하며 나를 보고 미안해하는 표정을 짓는다.

(2004년)

게

대학 졸업을 앞둔 3월에 아마미오섬에 갔다. 홀로 떠난 여행이었다.

아마미는 친할머니의 고향이라고 들었다. 내 뿌리를 찾는다고 말할 정도로 대단한 일은 아니었지만, 원풍경을 접하고 싶다는 마음이 있었던 것 같다.

옆 마을 최고의 미인이었던 할머니를 처음 본 할아버지는 사랑의 도피나 마찬가지로 할머니와 함께 섬을 떠나 대만으로 건너갔다. 나의 아버지는 거기서 태어났다. 그러나 응석부리며 자란 의사의 아들과 세례까지 받은 기독교 신자 딸의 신혼은 오래가지 않았던 모양이다. 드라마틱했던 연애 초기가 거짓말 같을 정도로 조부모님 사이에서는 결혼 초부터 싸움이 끊이지 않았다. 대체로 할아버지가 졌다는데, 그때마다 할아버지는 가위를 꺼내 앨범에 붙여둔 사진에 화풀이를 했다. 할머니의 얼굴만 잘라냈던 것이다. 그래서 대만 시절의 고레에다 집안 가족사진에는 할머니의 모습이 거의 없다.

가고시마에서 작은 페리를 타고 사납게 철썩이는 거센 파도에 시달리며 이른 아침 항구에 도착했다. 휘청거리며 다시 버스를 타고 이동해 섬 변두리 언덕 위 유스호스텔에 짐을 내려놓고 저녁까지 잤다. 배 멀미도 진정되어 해가 있을 때 주위를 둘러보려고 산책을 나섰다. 신발이 젖지 않도록 조심하며 한동안 모래사장을 거닐었다. 아무도 없는 평온한 바다였다. 저녁 먹을 시간까지 얼마나 남았을까. 아침부터 밥을 거의 안 먹었던 탓에 역시 허기가 느껴지기 시작했다. 슬슬 숙소로 돌아갈까 하는 순간 물가의 게 한 마리가 눈에 들어왔다. 무심코 발걸음을 재촉해 다가가려 했더니 그 게는 자신의 가위 같은 발을 높이 들고 '오지 마' 하며 위협했다. 화가 난 모양이었다. 자세히 보니 게의 몸은 반쯤 투명해서 신비로운 붉은빛을 띠고 있었다. 나는 그 게의 행동에서 어떤 인간성과 함께 신성함을 느껴 더 가까이 다가가길 멈추고 숙소로 돌아갔다.

그 게는 대체 뭘 전하고 싶었던 걸까. 다음 날 아침을 먹고 나는 다시 모래사장을 찾았다. 아침 해에 비쳐 은색으로 빛나는 물가에서 그 게는 뒤집혀 죽어 있었다. 게의 몸은 어제보다 붉은빛이 옅어져 더욱 투명해 보였다. 그리고 그 게의 옆에는 또 다른 게 하나가 바싹 붙어 죽어 있었다. 부부일 거라는 생각이 들었다. 어제 게가 내 앞을 가로막은 건너편에서 아내는 이미 죽어 있었는지도 모른다.

그로부터 30년이라는 세월이 지났지만 지금도 조부모님의 앨범을 펼칠 때마다 나는 이 게를 떠올린다.

(2019년)

손도끼

키키 키린 씨와의 작업은 〈태풍이 지나가고〉로 영화는 다섯 번째다.

처음 뵌 것은 2007년. 〈걸어도 걸어도〉 각본을 완성한 후 돌아가신 내 어머니의 모습을 겹쳐 만든 주인공의 어머니 요코야마 도시코 역을 맡아줄 분은 키린 씨뿐이라고 마음을 정하고 연락드렸다.

까다로운 사람이라는 소문을 들은 적이 있다. 함께 연기하며 울린 배우도 여럿이라 한다. 그런 말들이 머릿속을 스쳤기 때문인지 아마 나를 포함한 스태프 모두 긴장하고 있었던 것 같다.

"날씨가 좋아서 걸어왔어" 하며 엔진필름 회의실로 들어온 키린 씨는 맛있어 보이는 걸 길거리에서 팔고 있었다며 가방에서 바나나를 꺼내 테이블 위에 올려두었다.(내 기억으로는 고구마말랭이였지만 키린 씨가 바나나였다고 단언하시니 이 부분은 키린 씨의 기억을 존중하기로 한다.) 자리에 앉자마자 그 자리에 함께 있었던 엔진필름의 야스다 회장, 프로듀서 가토 씨, 그리고 나의 얼굴을 둘러보며 한마디.

"촬영은 아직 멀었는데 이렇게 빨리 불렀다는 건, 내가 좀 성가시다는 소문이 그쪽에 퍼진 거야?"

이렇게 말하며 히죽 웃었다.

"아뇨, 그렇지는 않은데요……."

나는 쓴웃음을 지으며 묻지도 않았는데 이 역할의 중요성 따위를 횡설수설 늘어놓기 시작했다. 키린 씨는 그런 모습을 즐겁다는 듯 바라보았다. 만난 지 1분 만에 완전히 키린 씨의 페이스에 휘말려버렸다.

10년 가까이 만나 뵈며 이미 익숙해졌고, 요즘은 오히려 상대의 기선을 제압하는 듯한 강렬한 한 방을 먹이는 키린 씨가 기대마저 되지만 당하는 쪽은 큰일이다.

어느 파티에서의 일이다. TV 업계의 높으신 분이 "옛날에 키린 씨가 나온 ○○라는 드라마를 제가 연출했어요" 하며 일부러 키린 씨에게 인사를 하러 왔다.

"아, 그땐 신세를 졌네요"라는 식의 사교성 멘트는 일절

없이, 그가 내민 명함의 이름과 얼굴을 번갈아 비교해보며 "기억 안 나는데. 내가 정말 나왔어?"라고 한마디. 싹둑 잘라버리고 끝났다.

또 다른 시상식에서의 일. 이때도 인사하러 온 중역이 하는, 솔직히 별로 재미없는 이야기를 잠시 들은 뒤 갑자기 "당신, 그 넥타이 어디서 샀어?" 했다.

다른 사람이 그랬다면 "실례야"라는 말을 들을 수도 있는 일이, 어째서 키린 씨가 하면 오히려 웃어넘기거나 당한 쪽이 화젯거리 삼아 나중에 남들에게 이야기하고 싶어지는 소중한 에피소드가 되는 걸까.

그건 아마 키린 씨의 태도와 말 속에는 사람의, 그리고 만사의 '본질'을 꿰뚫는 날카로운 나이프가, 아니 손도끼가 존재하기 때문일 것이다.

종종 키린 씨의 가식 없는 직언을 '독설'이나 '폭언'이라고 평가하는 사람이 프로 기자나 리포터 중에도 있지만 그건 다르다. 키린 씨는 결코 등 뒤에서 칼을 꽂지 않는다. 상대의 정면에서 손을 높이 쳐들어 손도끼를 내리찍는다. 그 정정당당한 모습은 상쾌함마저 풍긴다.

물론 상대가 눈앞에서 사라진 순간 "있잖아" 하며 옆에 앉은 내 팔꿈치 셔츠 부분을 움켜쥐고는 "저 사람의 ××는 분명 ○○겠지" 하고, 누구에게나 신경은 쓰이지만 아무도 입 밖으로 꺼내지 않는 말을 하며 함께 웃는, 그야말로 내 어머니와 마찬가지로 '보통 사람' 그 자체인 키린 씨도 너무 좋고 즐겁다.

그러나 내가 존경해 마지않는 건 촬영 현장에 약속 시간보다 한 시간 빨리 혼자 운전하고 와서 대기실에서 대본을 무릎 위에 펼쳐둔 채 눈을 감고 홀로 대사를 연습하는 키린 씨다.

그리고 현장에 들어갔을 때, 가령 그곳이 단지 내 아파트의 부엌 식탁이라면 거기서 그 어머니가 40년 동안 생활한 시간을 어떻게 표현할 것인가? 의자 위치는 진짜 여기인가? 냉장고와의 거리는 적당한가? 커피포트는 안 보고도 잡을 수 있는가? 그 어머니는 여기 앉기 전에 어디서 무엇을 했나? 하며 자신의 몸과 공간의 모든 것에 온 신경을 집중해 파악하려는 그 키린 씨다.

키린 씨가 까다롭게 대하거나 그 결과 때로 울려버리는 상대는 아마 키린 씨와 같은 태도로(레벨이라고는 말하지 않겠다) 역할과 작품, 그리고 키린 씨를 마주하려 하지 않고 애매하게 도망가는 자세를 보인 것이 아닐까? 나는 그렇게 상상한다. 그만큼 현장에서 키린 씨는 그야말로 목숨을 걸고 수명을 줄여가며 자신과 자기 능력의 한계를 마주한다.

그때 키린 씨가 가진 손도끼는 자기 자신 위로 들려 있다. 남을 향한 엄격함보다 더한 엄격함으로, 그는 본인을 지적하기 위해 대기하고 있는 것이다. 그 모습은 정말로 아름답다. 성스럽기까지 하다고 말할 수 있을 정도로. 그 각오를 목격한 나는 이런 배우와 함께 영화를 만들 수 있다니 얼마나 행복한가, 그렇게 마음속 깊이 생각한다.

(2016년)

키키 키린

제가 키린 씨와 함께한 것은 그분의 긴 경력 중 마지막 10년 남짓에 불과하지만, 감독과 배우라는 관계를 뛰어넘어 아주 농밀하고 즐거운 시간을 공유했기에 감사하는 마음이 가득합니다.

올해 3월에 암이 뼈로 전이되었다는 사실을 알았는데, 할 말을 잃은 우리 스태프를 오히려 배려하며 본인은 곧바로 임종 준비에 들어가신 듯했습니다. 함께 참석한 영화제와 개봉 첫날 무대 인사에서는 본인 안에 남아 있는 에너지를 냉정히 바라보고 제어하며, 그럼에도 배우의 일을 완수하려는 그 자세에 머리가 숙여졌습니다.

그러나 키린 씨에게는 본인을 연기자, 배우라는 측면과는 별개로 방송인, 예능인으로 여기는 부분이 있었습니다. 자신이 예능인으로서 동시대에 어떤 가치가 있는지 TV에 출연해 그 반사 신경을 확인하는 것이라는 취지의 말씀도 이따금 하셨습니다. TV 출신인 제게는 그 '잡맛'을 굳이 버리려 하지 않는 부분도 키린 씨의 큰 매력 중 하나였습니다. 몸이 약해진 뒤로도 뭔가 처음 하는 체험을 재미있어하는 듯한 면모가 있었고, 대단함과 경쾌함이 공존하는 모습은 경외롭기까지 했습니다.

〈어느 가족〉 개봉 후에는 차를 마시러 가자고 권해도 "당신은 이제 할머니는 잊고 젊은 사람을 만나" 하며 전화로 병세에 대해 몇 차례 말씀하셨을 뿐, 직접 만나 뵙지는 못했습니다. 그러나 발인 전날 밤, 석 달 만에 뵌 키린 씨는 무척 평온하고 완전히 안심한 듯한 표정을 하고 계셨습니다. 임종의 순간까지 정말로 근사하게, 참으로 키린 씨답게 인생을 매듭지으신 게 아닐까 합니다.

이제 배우 스기무라 하루코° 씨나 모리시게 히사야°° 씨, 연출가 구제 데루히코 씨의 흉내를 섞어가며 하는 즐거운

° 구로사와 아키라, 오즈 야스지로, 나루세 미키오 등의 거장들이 사랑했던 배우. 대표작으로 〈만춘〉 〈초여름〉 〈동경 이야기〉 〈꽁치의 맛〉 등이 있다.
°° 영화 '사장' 시리즈, '역전(駅前)' 시리즈, 드라마 〈일곱 명의 손주〉 〈무꽃〉 〈아버지의 수염〉 등 다수의 대표작을 남긴 일본의 국민 배우.

이야기를 못 듣게 된 건 못내 아쉽지만, 진심으로 명복을 빕니다. 고마웠습니다.

(2018년 9월 18일)

야스다 마사히로

3월 8일에 엔진필름의 야스다 회장이 갑자기 세상을 떠났습니다.

충격이 너무 커서 아직도 어찌할 바를 모르겠습니다.

야스다 씨와는 제가 〈환상의 빛〉으로 감독 데뷔했을 때부터 가깝게 지내왔습니다. 아니, 더 정확히 말하자면 언제나 "고레 짱, 밥 먹으러 갈까?" 하고 연락해 맛있는 것을, 정말이지 여기저기 데려가 맛있는 것을 사주셨습니다.

그리고 무엇보다 〈원더풀 라이프〉 이후 제 모든 작품에 투자, 기획부터 캐스팅, 마무리 작업에 이르기까지의 과정을 지원해주고 조언해줬으며, 함께 웃고 분통을 터뜨려준 파트너였습니다.

아마도 저와 니시카와 미와° 두 사람은 야스다 씨가 없었다면 지금 이렇게 영화감독으로 작품을 계속 만들지 못했겠지요. 그런 의미에서 저희 '남매'는 영락없이 야스다 씨의 '자식'이었습니다.

야스다 씨는 프로듀서라는 직함으로 크레디트에 올라가는 것을 좋아하지 않았습니다. 늘 '기획'이라는 역할(직위)에 스스로를 한정해 취재도 받지 않았으며, 표면에 나서는 일을 일종의 미학으로서 피했습니다.

〈아무도 모른다〉로 칸 국제영화제에 초청받았을 때도 "아무래도 일이 있어서"라며 함께 가지 않았고, 시상식이 끝난 뒤에야 와서 칸 변두리의 작은 카페에서 "잘됐네, 고레 짱" 하고 조용히 축하해주는 그런 사람이었습니다.

영화 촬영이 시작되면 "이제 내 일은 끝났으니까. 난 각본 만들고 캐스팅할 때가 가장 즐거워"라고 말하며 촬영 현장에는 별로 찾아오지 않았습니다. 오더라도 오래 머무르지 않았지요. 그러면서 〈원더풀 라이프〉 때는 격려차 방문한 다음 날 커피메이커를 현장 한구석에 새로 구비해두는, 그

○ 영화감독·소설가. 고레에다의 영화 〈원더풀 라이프〉에 감독 조수로 참여한 후 직접 각본을 쓴 블랙 코미디 〈뱀딸기〉로 감독 데뷔했다. 영화 대표작으로 〈유레루〉 〈우리 의사 선생님〉 〈아주 긴 변명〉, 소설 대표작으로 《어제의 신》 《아주 긴 변명》 등이 있다.

런 배려의 눈짓을 무심하게 하는 사람이었습니다.

이는 때로 무뚝뚝하게 들릴 수도 있는 본인의 말투나 회장이라는 위치로 인해, 자신의 존재가 필요 이상으로 주위나 현장에 부담을 줄까 봐 염려하는 것으로 느껴졌습니다. 그런 섬세함은 아마도 소마이 신지°° 감독과의 작업에서 야스다 씨가 찾아낸 자세인 듯합니다.

그런 야스다 씨가 재작년 여름 〈걸어도 걸어도〉를 촬영할 때는 몇 번이나 제작사 도호의 세트장을 찾아왔습니다.

절친한 배우 나쓰카와 유이 씨에 동년배인 키키 키린 씨까지 그 자리에 있었기 때문이겠지요. 싱글벙글하며 촬영 현장을 즐기셨습니다.

그리고 올해 개봉하는 니시카와의 신작 〈우리 의사 선생님〉은 야스다 씨가 영화 일을 시작한 계기였던 소마이 감독의 〈도쿄 하늘〉 이후 맹우라 해도 좋을 만큼 '절친'이 된 쇼후쿠테이 쓰루베 선생이 주연입니다.

야스다 씨는 몇 번이나 묵고 가는 일정으로 촬영 현장을 방문했습니다.

°° 1980년대 일본 뉴웨이브의 대표주자로 〈숀벤 라이더〉 〈태풍 클럽〉 〈바람꽃〉 등의 영화를 만들었다.

그러니 아무리 생각해도 〈우리 의사 선생님〉의 개봉 첫날을 기다리지 않고, 또 제 신작의 완성을 기다리지 않고 떠나신 것이 너무나 안타깝습니다.

저는 아버지를 두 번 잃은 듯한 그런 나날 속에 있습니다.

어제 영결식을 마치고 화장장에서 니시카와와 둘이 나란히 서서 야스다 씨를 배웅하고 온 지금도 여전히 실감이 전혀 나지 않지만, 명복을 빕니다. 수고하셨습니다. 그리고 정말 고마웠어요.

(2009년 3월 13일)

〈걸어도 걸어도〉 개봉이 거의 마무리된 무렵. 평소처럼 야스다 씨가 가자고 해서 히로오에서 소바를 먹었습니다. 이때는 식당에서 바로 만나지 않고 일단 야스다 씨 회사 사무실에서 만났어요.

제가 도착하자 천천히 책상 서랍에서 상자를 꺼내더니 "어디서 받은 건데 난 안 쓰니까 고레 짱 줄게" 하며 책상 위에 툭 놓았습니다. 손목시계였습니다. 아마도 〈걸어도 걸어도〉 흥행 성적이 좋지 않아서 내가 침울해하고 있을 거라 생각했겠지요. 확실히 침울하긴 했습니다…….

소바를 먹으며 야스다 씨는 "난 말야 고레 짱, 이런 영화를 만들고 싶었어…… 고마워" 하고 흔치 않게 칭찬을 해줬습니다. 기뻤지요.

야스다 씨가 세상을 떠난 건 그로부터 1년도 채 지나지 않아서였고, 화장장에서 야스다 씨의 뼈를 니시카와와 둘이서 젓가락으로 집어 옮기며 아직도 그의 부재를 전혀 받아들이지 못하고 있는 스스로에게 깜짝 놀랐습니다.

그때 야스다 씨의 회사 사람이 "고레에다 씨, 카르티에 시계 받으셨지요. 그건 야스다 씨가 어디서 받은 게 아니라 일부러 산 거예요. '근데 그 녀석, 시계를 전혀 안 차잖아' 하고 푸념하셨어요"라고 알려주었습니다.

시계는 지금도 안 찹니다. 하지만 칸 국제영화제 같은 특별한 행사에 갈 때는 반드시 찹니다. 본인은 레드카펫 같은 곳은 절대 걷지 않았겠지만 시계만이라면 괜찮겠죠, 야스다 씨.

모테키 마사오

어제 다카사키 영화제°에 다녀왔습니다. 〈환상의 빛〉으로 데뷔한 때부터 15년 동안 쭉 제가 만드는 영화를 지지하고 응원해주는 아주 고마운 영화제입니다.

하지만 좋게 평가해주기 때문에 기뻐서 참석하는 건 아닙니다. 한 번이라도 다녀와보면 알겠지만 아주 편안하면서도 만든 사람의 손길이 느껴지는 영화제거든요. 그건 표창장에 써주는 수상 이유 하나만 보더라도 확연히 드러나지요.

언제나 다카사키 영화제의 중심에 있었던 사무국 대표 모테키 마사오 씨가 작년 11월, 61세라는 젊은 나이로 세상을

° 일본 군마현 다카사키시에서 1987년부터 열리고 있는 영화제. 3월 말에서 4월 초에 열린다.

떠났습니다. 영화를 무척 좋아하는 사람이었습니다. 그리고 어쩌면 영화보다 영화에 대해 대화 나누는 것을 더 좋아하는 게 아닐까 싶을 만큼 즐겁게 영화 이야기를 하는 사람이었습니다.

솔직히 모테키 씨 같은 분이 일본의 각 현에 한 분씩 계셨다면 '문화로서의 영화'를 둘러싼 환경은 분명 이다지도 처참해지지 않았을 것입니다.

마지막으로 뵌 건 작년 9월, 〈걸어도 걸어도〉를 다카사키 시네마테크에서 상영할 때였습니다.

다카사키를 방문할 때면 늘 모테키 씨 본인이 함박웃음을 지으며 역 플랫폼으로 마중 나와주셨고, 돌아갈 때도 역 플랫폼까지 배웅해주셨습니다.

이때도 그랬습니다.

"세 번째 암 전이가 발견돼서 또 한바탕 싸우고 올게요" 하고 강한 결의를 말한 것이 마지막 대화가 되었습니다. 플랫폼에서 맞잡은 손이 몹시 차가웠던 것을 기억합니다.

이번에는 모테키 씨가 안 계셨지만 영화제는 예전과 다름없이 따뜻해서, 거기에 모인 감독 및 배우들과(결석률 제로!) 함께 즐거운 시간을 보냈습니다. 그런 멋진 대화에 끼지 못했으니 지금쯤 모테키 씨는 천국에서 틀림없이 배가 아프겠지요.

도쿄에서 신칸센으로 약 한 시간 걸리는 길도 축제를 즐기기에는 절묘한 거리라는 생각이 새삼 들었습니다.

영화제는 이제 막 시작됐습니다. 스태프 여러분, 고생하셨어요. 힘내세요. 그리고 앞으로도 잘 부탁해요.

(2009년 3월 30일)

다사카키 영화제는 '이만 졸업'이라는 뜻에서 요즘 저를 별로 불러주지 않지만, 그래도 다녀온 사람들의 감상을 들어보면 여전히 따뜻하고 편안한 모임을 이어가고 있는 듯해 정말 멋집니다.

예전에 참석한 영화제에서…… 이건 아오모리였는데요, 〈원더풀 라이프〉 상영 때였습니다.

처음으로 참석한 영화제였으니 객석이 과연 관객으로 채워질까 조마조마한 마음으로 입구에 서 있었는데, "사과 따는 도중에 멈추고 왔어" 하며 말을 걸어주는 농가 아주머니도 있고 해서 상영 전에 좌석이 거의 꽉 찼습니다. 프로듀서와 둘이서 "다행이야" 했는데, 주최자가 오더니 "이렇게 객석이 가득 차면 실패인데" 하는 것이었습니다. 저는 순간 귀를 의심했지만 잘못 들은 게 아니었습니다.

그러더니 "고다르의 ××를 상영했을 때는 관객이 세 명밖에 안 왔어요"라는 이야기를 자랑처럼 꺼내는 겁니다. 아니, 잠깐만. 이 행사에는 공적 자금도 들어가 있는데, 개인의 취미 상영회라면 상관없지만 이게 창작자를 앞에 두고 할 소리인가…… 싶어 정말로 깜짝 놀랐습니다. 지금이라면 그 자리에서 뭐라고 하겠지만 그때는 결국 말을 삼켰습니다. 예상대로 이 영화제는 그로부터 얼마 뒤 없어졌습니다. 당연한 결과겠지요.

하라다 요시오

하라다 요시오 씨가 돌아가셨습니다. 정말이지 멋진 어른이었습니다. 세련되고, 섹시하고.

〈하나〉를 찍을 때였습니다. 교토 촬영소 세트에서 출연 순서를 기다리는 하라다 씨 주위로 자연스레 젊은 배우들이 모여들고, 그를 둘러싼 모두의 등은 평소보다 조금 더 펴져 있었습니다. 그런 풍경이 근사했습니다.

홍보 활동을 함께한 센다이에서 스즈키 세이준° 감독에 대해 들었던 것도 아주 호사스러운 시간이었습니다.

〈걸어도 걸어도〉는 하라다 씨에게는 별로 친숙하지 않은

° 일본 B급 영화의 거장으로 1958년 범죄 영화 〈지하세계의 미녀〉로 데뷔하여 액션, 뮤지컬, 코미디 등 다양한 장르의 영화를 남겼다. 대표작으로 〈살인의 낙인〉 〈도쿄 방랑자〉 등이 있다.

홈드라마 장르였고, 언제까지고 쇠약해지지 않을 하라다 씨에게 쇠약해져가는 할아버지 역을 부탁드리는 게 처음에는 조금 조심스러웠지만, 함께 나오는 배우들과의 시간을 즐기시는 듯해 안심했던 것을 기억합니다. 저에게도 충만한 만남이었습니다.

영화 세 편과 광고 한 편을 함께 찍었던 건 저의 커다란 재산입니다. 더 많은 이야기를 나누고 싶었고, 작품도 함께 하고 싶었는데 아쉽습니다.

정말로 고생 많으셨습니다. 고마웠어요.

(2011년 7월 19일)

하라다 씨가 〈지고이네르바이젠〉이었는지 〈아지랑이좌〉였는지 기자 간담회에 스즈키 세이준 감독과 동석했을 때의 일입니다.

스즈키 세이준이 기자의 질문을 전부 능숙하게 넘기며 때로는 "그 질문은 옆에 있는 하라다에게" 하면서 마이크를 건네고, 마지막에는 기자에게 "당신 말이야, 감독이 만든 영화에 대해 다 안다고 생각하면 큰 착각이야" 하고 나무랐다는 이야기가 너무 좋았습니다.

말씀해주시는 에피소드에 언제나 유머가 있었죠.

저 같은 애송이에게도 전혀 거만한 태도를 보이지 않으셔서, 평소 남자에게 반하는 일이 별로 없는 저조차 매년 연말이면 젊은 배우들이 하라다 씨 댁에 모여 떡을 만드는 마음이 이해가 갔습니다. 초대해주셨으니 한 번쯤은 갔으면 좋았을 텐데, 하며 이제 와서 후회하고 있습니다.

나쓰야기 이사오

갑작스러운 부고를 접해 놀람과 슬픔에 휩싸여 있습니다.

작년 가을, 드라마° 촬영 현장에서 컨디션이 한 번 나빠졌던 적이 있었던 터라 그때 병세에 대해서는 들었습니다.

하지만 "연기하기 힘들어지면 면목 없으니 동료 배우들에게 비밀로 해줬으면 한다"고 본인이 말씀하셔서 당시 병세는 숨긴 채 촬영을 재개, 속행했습니다.(아들 역의 아베 히로시 씨는 알고 계셨던 듯합니다.)

드라마 마지막 회는 나쓰야기 씨가 연기하는 아버지의 장례식 장면이 중심이었습니다.

각본대로 찍기를 주저하는 저의 망설임을 꿰뚫어보신 듯

° 고레에다 감독이 2012년에 연출한 〈고잉 마이 홈〉을 말한다.

나쓰야기 씨는 "좋은 예행연습이 될 테니까" 하며 밝게 웃으시고는 화면에는 직접 나오지 않는 관 속 장면도 몸소 연기하셨습니다.

그런 컨디션임에도 불구하고 촬영 현장에서는 스태프와 동료 배우, 지켜보는 가족 모두에게 평소와 다름없는 배려를 하시고 다정하게 말을 걸어주셨습니다. 그 모습이 인상 깊게 남아 있습니다.

올 1월, 시부야에서 함께 식사를 한 것이 마지막 만남이 되었습니다.

"촬영 도중에 쓰러져서 폐를 끼쳤습니다" 하며 깊숙이 머리를 숙이시는 그 모습에서 프로 배우로서의 엄격한 각오를 느꼈습니다.

그때는 촬영 때보다 훨씬 건강해 보이셨고, 차기작 영화에 대해 즐겁게 말씀하셨던 터라 너무 이른 이 부고가 몹시 유감스럽습니다. 배우 나쓰야기 이사오 씨의 마지막 작품에 함께할 수 있었던 것을, 영상 일을 하는 한 사람으로서 진심으로 영광스럽게 생각합니다.

명복을 빕니다.

(2013년 5월 12일)

홈페이지에 쓴 짧은 문장 중에는 소중한 사람이 세상을 떠난 뒤에 쓴 추도문 같은 글이 여러 편 있습니다.

작품을 함께한다는 것은 스태프, 배우 구별 없이 일종의 특수하고도 농밀한 무언가를 공유하는 일이므로, 당연히 가족분들의 슬픔이나 상실감에 비할 바는 아니라는 것을 알면서도 역시 특별한 감정이 듭니다. 그것은 굳이 말하자면, 우리는 가족이 아니므로 슬퍼하는 것만은 아닌, 무언가 다른 방식의 추도를 해야 한다는 뜻인지도 모릅니다.

잘 표현이 안 되지만 바통을 건네받은 느낌이랄까요. "뒷일은 잘 부탁해" 하며 건네준 것을 소중히 품고 달리자는 각오 같은 것. 그 각오가 있어야 비로소 그 사람에 대해 쓰거나 말할 수 있는 게 아닐까 합니다.

에드워드 양 감독

벌써 14년쯤 전의 일인데, TV 다큐멘터리 프로그램 취재차 에드워드 양 감독을 만난 적이 있습니다. 그는 마침 〈독립시대〉를 촬영하는 중이었습니다.

제가 〈고령가 소년 살인사건〉을 무척 좋아한다고 말하자 영화의 여자 주인공 양정의 양의 클로즈업 포스터를 주셨습니다.

지금도 소중히 간직하고 있습니다.

신작을 고대했는데 갑작스러운 부고에 할 말을 잃었습니다. 아쉽습니다. 정말로요.

명복을 빕니다.

(2007년 7월 13일)

지난해(2020년) 대만 금마장 영화제에서 허우샤오시엔 감독이 평생공로상을 수상해 저도 시상자로 참석하고 왔습니다. 코로나 시대의 도항이었던지라 공항에서 호텔로 직행해 2주간 외부와의 모든 접촉을 끊은 뒤 시상식에 참석했습니다. 그래서 허우샤오시엔 감독, 리핑빙 촬영감독, 이안 감독, 차이밍량 감독 등과 재회할 수 있었던 것이 무엇보다 기뻤습니다.

이 2주 동안 허우샤오시엔 감독의 작품과 에드워드 양 감독의 작품을 전부 다시 봤습니다. '아시아 영화의 80년대' 하면, 역시 대만 영화, 그중에서도 이 두 감독을 빼놓고는 이야기할 수 없습니다. 에드워드 감독은 만년에 작품을 발표할 기회를 별로 얻지 못했고, 생전에는(특히 대만 내에서) 평가가 꼭 좋지는 않았던 듯합니다. 시대를 너무 앞서갔던 것입니다. 아무리 생각해도 〈공포분자〉 등…… 그 대단함을 세상이 알아차리기까지 20년은 필요하지 않았나 생각합니다.

그런 그가 결과적으로 유작이 된 〈하나 그리고 둘〉에서 보여준 작가로서의 성숙. 거기서 '후회는 없다'는 그의 유언 같은 것이 느껴져 가슴이 아팠습니다. 동시에 우리가 생각하듯 그는 불행하지 않았던 게 아닐까 합니다. 지금 그의 영향 아래 있는 창작자는 아시아뿐만 아니라 전 세계에 존재하기 때문입니다.

분부쿠에 대하여

대학을 졸업하고 들어간 티브이맨 유니언을 2014년 3월 말일에 퇴사하고 4월에 제작자 집단 '분부쿠分福'를 정식으로 설립했습니다. 풍파 속에서 저의 작은 배로 항해를 시작한 데는 두 가지 이유가 있었습니다. 그 이유에 대해 조금 써보려 합니다.

티브이맨 유니언의 사무실 밖에서 개인 제작실을 빌려 쓴 지 이미 15년 가까이 지났기도 했고, 제 활동의 중심이 싫든 좋든 TV에서 영화로 쏠리게 된 뒤로는 아무래도 티브이맨 유니언과의 관계가 느슨해졌습니다. 그럼에도 27년 동안, 즉 인생의 절반 이상 속해 있던 조직을 떠나는 데는 나름의 감개가 있었습니다.(사정을 모르는 지인들은 오히려 "뭐? 아직 거기 있었어?"라는 반응을 훨씬 많이 보였지만요.)

그렇다면 저는 왜 27년씩이나 티브이맨 유니언에 그런 형태로라도 적을 두고 있었을까요? 물론 그곳에 가면 존경하는 동기 연출가와 신세를 진 선배, 제가 책임자로서 채용에 관여한 후배, 늘 웃는 얼굴로 맞이해주는 안내 데스크의 미나미 씨를 만날 수 있습니다.

이건 그곳 말고는 극단적으로 친구가 적은 저에게 아주 귀중한 일이었습니다.

그러나 역시 저의 발과 마음을 그곳으로 향하게 만들었던 것은, 지금은 돌아가신 무라키 요시히코라는 분의 존재였다고 단언할 수 있습니다.

무라키 씨와는 그의 사설 학원인 미디어 워크숍에서 만났습니다. 저는 스물세 살이었습니다. 뭐랄까, 멋진 사람이었습니다. 아마 당시는 아직 무라키 씨가 막 쉰 살이 된 무렵이었을 텐데요, 척 보기에도 지적이었고 말투는 어디까지나 온화했으며, 그러면서 쓴 글과 만든 방송은 격렬한 의지와 비평성, 더 말하자면 분노로 가득했습니다.

저는 그때까지 제 인생을 통틀어 처음으로 매력적인 '남자 어른'을 만난 느낌을 받았습니다.

그 첫인상은 무라키 씨가 돌아가실 때까지 변하지 않았습니다. 저는 무라키 씨가 곤노 쓰토무 씨, 하기모토 하루히코

씨와 함께 쓴《너는 그저 현재일 뿐이다: TV에서 무엇이 가능한가お前はただの現代にすぎない: テレビになにが可能か》를 영문도 모르는 채 읽고 졸업 후 진로 희망을 일단(어디까지나 '일단'이었지만요) 영화에서 TV로 바꿨습니다.《너는 그저 현재일 뿐이다》는 제가 프로그램을 만들게 된 뒤로도 몇 번이나 다시 읽은, TV 업계에서는 바이블처럼 여기는 명저입니다.(어디까지나 '일부 사람에게'지만요.)

그런데 실은 대학 시절에 읽은 무라키 씨의 책이 또 한 권 있습니다.

《창조는 조직한다: 뉴미디어 시대로의 도전創造は組織する: ニューメディア時代への挑戰》. 무라키 씨가 티브이맨 유니언이라는 조직을 어떻게 구성하려 했는지에 관해 쓰여 있는 미디어론인 동시에 조직론이기도 한 책이었습니다. 내용은 까먹었습니다.(웃음) 그보다 이 책에 적혀 있던 티브이맨 유니언의 첨단성과 제가 이듬해 들어가 실제로 체험한 티브이맨 유니언의 실태가 너무도 동떨어져 있었기에 '속았다!' 하고 원망하는 마음이 당시에는 강했습니다. 하지만 지금 읽어도 이 제목은 명제라고 생각합니다.

'회사'라는 조직이 있어서 무언가가 창조되는 게 아니다. 창

조리는 행위가 중심에 있고, 그 주위로 사람이 모여드는 것이다.

저는 분부쿠를 설립할 때 이 한마디를 기본 이념으로 삼고자 했습니다. 그래서 분부쿠를 제작회사가 아닌 '제작자 집단'으로 정의했습니다. 그리고 집단의 중심에는 지금 제작 중인 작품이 있습니다. 작품을 중심으로 스태프가 이합집산을 거듭하는, 그런 느슨한 공동체지요.

무라키 씨는 2008년에 세상을 떠나셨습니다. 〈걸어도 걸어도〉 개봉 전이었습니다.

그 뒤 만든 〈공기인형〉 완성 직전에 저는 또 한 명의 아버지 야스다 마사히로 씨를 잃었습니다. 야스다 씨는 엔진필름의 회장으로 〈원더풀 라이프〉 이후 제 모든 영화를 물심양면으로 지원해준 은인이었습니다. 저와 니시카와 미와 두 사람은 적어도 야스다 씨가 없었다면 이처럼 자유롭게 감독의 오리지널리티를 고수하는 영화를 계속 만들지 못했을 겁니다. 자신이 거의 참여하지 않은 작품을 두고 "그건 내가 한 거야" 하며 나중에야 말을 보태는 사람이 많은 이 업계에서 야스다 씨는 결코 표면에 나서려 하지 않는 드문 분이었습니다. 거기에 어떤 알기 힘든 마음이 있었는지 야스다 씨는 말하려 하지 않았지만, '영화는 감독의 것'이라는 강한 신념이 있었던 게 아닐까 합니다. 적어도 저와 니시카와에게는 그랬습니다. 그는 감독이 대자본을 상대할 때 어떻게 하면 주도권을 놓지 않고 농밀하게 자신의 가치관을 반영한 '작품'을 만들 수 있을지 함께 모색해준 파트너였습니다. 또 야스다 씨는 정말이지 이곳저곳에 저를 데려가 맛있는 것을 사주셨습니다. 한 해에 한 번 정도 은혜를 갚으려고 우리가 식사 초대를 하면 "됐어. 이런 거 안 해도 돼. 나한테 사줄 바에야 젊은 사람한테 사줘" 하며 쑥스러워했습니다.

2005년, 〈하나〉의 작업을 마무리하던 도중 어머니를 잃은 뒤로 영화를 한 편 만들 때마다 저는 소중한 이들을 한 사람, 또 한 사람 떠나보냈습니다.

그리고 무라키 씨에 이어 야스다 씨를 잃었을 때, 솔직히 이대로 영화를 계속 만드는 건 이제 어렵지 않을까 하고 처음으로 제 창작자로서의 인생을 부정적으로 생각했습니다. 별로 심각해지지 않는 성격이지만 이때만큼은 우울에 젖었습니다.

석 달 사이입니다. 석 달 사이에 마음을 고쳐먹었습니다.

그건 〈공기인형〉에서 인용한 요시노 히로시 씨의 〈생명은〉이라는 시를 떠올렸기 때문이었습니다.

생명은 그 안에 결여를 품고

그것을 타자로부터 채운다

영화 속에서 저는 결여란 부정적인 것이 아니라 타자를 향해 열린 가능성이라고, 배두나라는 존재를 통해 소리 높여 선언했습니다.

그런 제가 상실로 인해 의욕을 잃고 있어서 어쩌겠다는 건가 하고 깨달은 것이지요.

'두 아버지와 어머니를 잃은 아들이 아버지가 될 결심을 했다.' 이렇게 말하면 너무 멋있게 정리하는 것 같지만, 그런 셈 같습니다.

끝을 시작으로 바꾸자. 무라키 씨와 야스다 씨가 시작한 것처럼. 이것이 분부쿠를 설립한 이유입니다.

(2015년 4월 6일)

각본

한동안 어느 료칸에 틀어박혀 각본 마무리 작업 등을 했습니다.

걸어서 10분이면 바다에 닿는 곳이지만, 아직 성수기 전이라 숙소의 방이 텅텅 비어 있어서 무척 조용합니다.

인터넷도 안 되고 전화도 안 옵니다. 오전에 혼자 욕탕에 들어가고, 산책을 한 다음 이제 써볼까 싶을 때 스모 경기를 봐버리기도 하고……. 그래도 여전히 시간이 충분해서 '쓸 수밖에 없네' 하며 간신히 펜을 드는 호사스러운 시간이었습니다.

(2007년 6월 27일)

〈걸어도 걸어도〉 각본 집필부터 매번 신작을 시작할 때는 지가사키칸이라는 오래된 료칸에 한동안 틀어박힙니다. 원래는 오후나에 있었던 쇼치쿠[○] 촬영소와 계약을 해서 영화 감독과 각본가 들이 아지트로 썼다고 합니다. 그 유명한 오즈 야스지로 감독이 각본가 노다 고고와 둘이서 이곳에 몇 개월이나 묵으며 〈동경 이야기〉 각본을 썼다고 들어서, 뭐 반쯤은 구경하는 기분으로 찾아갔습니다. 직접 가보고 놀란 점은 도쿄에서 전철로 고작 한 시간 정도밖에 안 걸리는데도 거기서는 흐르는 시간이 완전히 다르다는 것이었어요. 역시나 요즘은 신형 TV가 방에 설치되었지만, 2007년 당시에는 아날로그 TV에 심지어 방에서는 인터넷이 안 되었습니다. 밤이 되면 파도 소리만 울려 퍼졌지요. 좋든 싫든 눈앞의 원고지, 그리고 나 자신과 마주하는 수밖에 없었습니다.

그런 경험을 한 뒤 요즘은 제가 속해 있는 '분부쿠'라는 영상제작자 집단 동료들을 데리고 가서 매년 열흘 정도 합숙을 합니다. 여기서 각자의 기획을 가다듬고, 마지막 날에

○ 영화와 연극을 제작·배급하는 일본의 회사.

서로의 각본을 합평하는…… 뭐, 대학 동아리 활동 같은 시간이긴 하지만 개인적으로 아주 소중히 여기는 장소입니다.

결과적으로 더 좋은 작품이 된다

〈공기인형〉 마무리 작업을 허겁지겁 마치고 5월 12일부터 18일까지 칸 국제영화제에 다녀왔습니다.

머문 기간은 짧았지만 알찬 나날이었죠. 뭐, 실제로는 주연 배두나 씨를 비롯해 이타오 이쓰지 씨도 이우라 아라타도 저도 거의 취재만 받다가 끝나버렸지만요. 8년 전 〈디스턴스〉라는 영화로 아라타와 함께 갔을 때는 경쟁 부문에 진출했는데도 어째서인지(웃음) 취재가 별로 안 들어와서, 칸 해변 모래밭에서 아라타, 이세야 유스케, 아사노 다다노부와 씨름을 하거나 무쟁이라는 옆 동네까지 놀러 가 산 위의 레스토랑에서 맛있는 생햄에 멜론을 먹기도 했는데…… 이번에는 그럴 시간이 없어서 기쁘기도 하고 조금 섭섭하기도 했습니다.

아 참, 점심을 먹으러 간 바닷가 레스토랑에서 양조위(!)를 만나서 인사를 했고, 박찬욱 감독의 신작에서 주연을 맡은 송강호 씨와 서서 얘기를 나눴고, 일부러 시간을 내서 공식 상영회에 와준 쥘리에트 비노슈 씨와 점심을 함께 먹기도 했네요. 그런 멋진 시간도 있었습니다.

해외 영화제에 출품해 운 좋으면 상이라도 받아서 개선장군처럼 흥행 분위기를 띄우는 식의 일본 국내를 향한 이점도 물론 없는 건 아닙니다. 솔직히 말해서요.

하지만 말이죠, 벌써 15년 정도, 세어보면 도합 50군데 정도의 영화제를 방문했답니다.

최근 5년은 거의 그 나라에 배급권을 팔고, 개봉 이벤트를 겸해 방문하고, 영화제 상영을 프리미어°로 삼아 그 나라의 흥행으로 이어나가는 식의 '국외를 향한' 비즈니스 전개의 흐름 속에서 영화제에 참석하는 패턴이 정착되었습니다. 원래는 일반 개봉을 하지 않는 영화를 영화제에서 감상하려는 게 보는 쪽의 자세로서는 옳달까, 바른 방식이라고 생각하지만 만드는 사람 입장에서는 그렇게 말하기가 좀처럼 쉽지 않은 현실이 있는 거죠.

° 영화나 텔레비전 시리즈물 따위를 처음으로 상영하거나 방영하는 일.

제 영화의 경우 아직 해외 흥행이 메인이 아니다 보니 일본 국내 흥행이 물론 가장 중요하지만, 그럼에도 〈걸어도 걸어도〉 같은 작품은 프랑스에서 개봉 몇 주 만에 필름 프린트 수가 60벌을 넘었고 10만 명이 넘는 관객 동원을 기록했으니(놀랍지요) 단순히 본 사람의 수만 놓고 비교하면 일본 내 전국 합계보다 프랑스 한 나라의 합계가 많을 듯한 기세입니다.

이번 주는 한국 개봉도 시작되고(서울 6개 관. 도쿄는 5개 관이었습니다) 8월에는 뉴욕에서 일반 개봉도 시작됩니다. 수입비로 말하자면 지금 단계로는 국내 3, 해외 1 정도의 비율일까요. 이걸 크다고 봐야 할지 작다고 봐야 할지…….

문제는 말이죠, 이 해외 관객수가 직접적인 수입 증가로는 웬만해선 이어지지 않는다는 거예요. 이 부분의 문제점은 언젠가 또 기회가 있으면 쓰겠습니다.

자, 그래서 〈공기인형〉 말인데요.

실은 칸에서 돌아와 편집을 다시 했습니다.

해외 판매를 맡은 에이전트가 "해외판을 좀 더 짧게 만들 수 없을까요. 돈은 드릴게요" 하고 조심스럽게 제안하기에, "흠, 해보긴 하겠지만 어려울 것 같은데" 하며 반쯤 부루퉁한 채 작업했는데 의외로 기분 좋게 다듬어졌어요. 그래서 기왕이면 국내 개봉도 이 버전으로 하자, 하게 된 것이죠.

칸 국제영화제에서 월드 프리미어를 했지만 결과적으로 그건 '미완성판'이었던 셈이니 호사스럽달까요, 뭐랄까요, 조금 아마추어 같은 일이 벌어지고 말았는데, "결과적으로 더 좋은 작품이 됐잖아요"라는 주위의 따뜻한 시선에(일부 체념) 힘을 얻으며 드디어 이번 주 18일에 진짜 완성작을 발표하는 시사회를 열게 되었습니다.

여러분이 보시기까지는 아직 시간이 조금 더 걸릴 듯하니 기다려주세요. 그럼 또 올게요.

(2009년 6월 15일)

영화가 변하는 게 아니라 제가 변합니다

저의 영화 〈진짜로 일어날지도 몰라 기적〉은 부모가 이혼해 가고시마에서 어머니와 사는 형과 후쿠오카에서 아버지와 사는 동생이 지금의 상황을 바꿔보기 위해 기적을 믿으며 행동하는 이야기입니다. 형은 특히, 처음에는 부모 형제가 갈라져 사는 이런 상황이 계속될 바에야 화산섬 사쿠라지마가 폭발이라도 해서 현재의 생활이 파괴되면 좋겠다는 마음을 품고 있었습니다. 하지만 형은 스스로가 생활이 파괴되면 사라져버릴 일상의 더없이 소중한 것들로 둘러싸여 살고 있다는 사실을 깨닫고 여행에서 돌아옵니다. 최종적으로는 형이 자기 자신도 세계의 일부라고 실감하는 것을 작품의 세로축으로 삼고자 했습니다. 예전에 〈아무도 모른다〉에서는 어머니에게 버림받은 어린 네 아이들이 자기들끼리

조용히 살아가는 모습을 그렸습니다. 그건 아파트 한 호실 속에 겹겹이 쌓아온, 아이들에게 더없이 소중한 것이 사라져가는 이야기였습니다. 〈아무도 모른다〉가 음陰이라면, 이번에는 그 사소한 것의 소중함을 아이들이 깨닫는 이야기를 양陽으로 묘사하고자 했습니다.

그런 뜻에서 말하자면 이번 동일본 대지진은 그야말로 일상의 소중함이 상실되며 그 중요성이 드러나는 듯한 재해였던 것 같습니다. 단, 보는 사람이 어떻게 받아들일지는 모르겠지만 저는 지진을 겪어서 〈진짜로 일어날지도 몰라 기적〉이라는 영화의 의미가 변했다거나, 전혀 다른 것으로 변질되었다거나, 의미를 잃었다고는 생각하지 않았습니다.

단지 사쿠라지마가 폭발해 지금의 생활이 파괴되기를 바라는 초등학생이 등장하는 영화를, 피해 지역인 도호쿠의 사람들에게 보여줘도 될까 하는 걱정은 있었습니다. 개봉은 6월 11일이었지만 그전인 5월 초에 피해 지역에서 자선 상영회를 열었고, 제가 가서 관객과의 대화라는 형식으로 직접 도호쿠 분들의 반응을 들어봤습니다. 집이 떠내려간 분들도 센다이와 후쿠시마의 상영장에 특별히 와주셔서 실제로 이야기를 나눴는데 부정적인 반응은 없었습니다. 단 도쿄의 시사회장에는 지진 이후 "사쿠라지마에서 떨어져 내리는 화산재가 방사능으로 보인다"고 말하는 사람들이 있었습니다. 그렇게 받아들여질 가능성도 있을 거라고 짐작은 했습니다. 영화는 작품이 태어나는 시대에 따라 반응이 바뀌는 것이며, 창작자는 그것을 받아들여야겠지요.

지진에 관해서라면, 저는 원래 티브이맨 유니언에서 TV 다큐멘터리를 제작했으니 그 입장에서 말하자면 지진 직후부터 TV가 보도 일색이 되었죠. 그 보도 방송은 방송국의 독무대라서 우리 같은 제작사는 관여할 여지가 없었습니다. TV가 가장 존재 가치를 드러낼 수 있을 때 저 자신은 일개 시청자에 지나지 않게 된 상황을 견디지 못해, 방송국 보도 담당자인 지인에게 연락해 "현장에서 뭘 하게 해줘"라고 말했습니다. 하지만 그 방송국에서는 지방 방송국을 포함에 하루에 50팀이 취재를 나간다고 합니다. 그들이 취재한 것을 24시간 보내오지만 방송국 윗선들은 광고료 건도 있으니 얼른 평상시의 방송으로 돌아가고 싶어 하지요. 그리하여 지방 방송국 연출가가 찍어온 것조차 방송해서 소화하지 못하는 상황이므로 외주 제작사 사람이 찍어온 것을 내보낼 틈은 없다고 했습니다. 그 대답은 납득했지만, 그렇다면 외주 제작사 사람들이 자비를 모아 피해 지역으로 가서 찍을 수 있는 만큼 찍지 않겠냐고 몇몇 연출가에게 제안했습니다. 지금 TV 업계에서는 외주 제작사의 존재 의의가 점점 사라지고 있으니 이런 비상시에야말로 어떤 역할을 완수할 수 있지 않을까 하고요. 그건 방송국에 대한 오기 같은 것이었습니다.

그래서 4월 초에 카메라맨, 녹음기사와 함께 이시노마키와 리쿠젠타카타 등의 피해 지역으로 갔습니다. 그런데 한심하게도 그곳에 선 순간 '이건 못 찍겠다'고 느꼈습니다. 그만큼 모든 파괴의 양상이 압도적이면서 기이했습니다. 예컨대 집이 통째로 사라진 곳에 콘크리트로 된 기초 부분만 남아 있는 겁니다. 그 뼈대를 보면 현관이나 부엌이었던 곳이 어디인지 알 수 있습니다. 주위에는 깨진 접시와 옷가지가 널브러져 있었는데, 피해를 입은 분이 한 차례 돌아왔던 거겠죠. 부엌이었던 장소에 진흙투성이 접시가 겹겹이 포개져 있는 거예요. 지진으로 인해 무엇이 상실되었나 생각하면 그때 눈을 크게 뜨고 본 장면이 강렬하게 떠오릅니다. 전쟁 경험이 없는 지금의 일본인에게 그렇게까지 송두리째 붕괴된 건 처음 겪는 일이었습니다. 그 상황을 봤을 때 저는 다큐멘터리로 만드는 건 불가능하다고 느꼈습니다. 물론 제가 아는 어떤 다큐멘터리 감독은 지진 다음 날부터 피해 지역에 가서 작품을 만들기도 했지만 저는 할 수 없었습니다. 실컷 두들겨 맞고 집으로 돌아가는 수밖에 없다고 생각했죠. 어쩌면 그건 제가 이미 다큐멘터리 감독이 아니라 픽션을 만드는 사람으로, 실감적으로 옮겨갔기 때문인지도 모릅니다. 이유는 저조차 명확히 알 수 없습니다. 5월에도 같은 곳에 가서 이번에는 혼자 영상을 찍어왔는데, 그때는 가서 보는 것이 목적이었지 찍는 것은 더 이상 중요하지 않았습니다. 설령 픽션으로 만든다 해도 지금 그 풍경에서 어떤 이야기를 뽑아내는 건 당장은 불가능하다고 생각했습니다.

이전에도 사회적인 사건에서 충격을 받아 만든 영화가 있었습니다. 옴진리교 사건이 터졌을 때는 〈디스턴스〉(2001)를 만들었고, 9·11 테러가 일어난 뒤에는 복수와 보복을 주제로 시대극 〈하나〉(2006)를 만들었습니다. 하지만 지금 다시 보면 저 스스로는 소화를 못했다는 생각이 듭니다, 좋든 나쁘든요. 묘사하려는 이야기와 제가 세계로부터 받은 문제의식이 관계를 맺는 방식이 조금 '미숙'합니다. 미숙한 게 나쁘다고는 생각하지 않지만, 이번 지진에 관해서는 더 시간을 들여 제 나름의 방식으로 묘사하고 싶습니다. 지금은 이번 지진이 저에게 무엇이었는지 말이나 영상으로 정착시

키기보다 혼돈한 상태 그대로 품고 있고 싶습니다.

지진 이후의 상황을 생각하면, 일견 지루하지만 평온한 일상은 피해 지역에서 멀리 떨어진 도쿄에조차 존재하지 않지요. 지진 전의 상황과 비교하면 비일상이 이어지고 있습니다. 저는 이제까지 비일상 쪽에서는 인간을 그려오지 않았습니다. 일상 쪽 인간의 생활과 일을 그려왔던 셈이죠. 그 뿌리가 흔들리고 있으니 현재의 비일상적인 세계를 향해 제가 무엇을 이야기할 수 있을까요. 이와 어떻게 마주할 수 있을까요. 더 사적인 측면에서 말하자면, 저는 아버지가 되었으니 한 아버지로서 지진 이후의 생활을 가족과 함께 어떻게 재건해나갈까요. 그 점을 기본으로 생각하며 생활인으로서 제가 변하면, 만드는 것도 저절로 변해가겠지요.

아마 이제부터는 일상에 대한 생각이 바뀔 수밖에 없을 겁니다. 하지만 이는 예전에 관동대지진이나 태평양전쟁을 겪은 분이라면 경험한 바겠지요. 또 지진 전의 일상이 반드시 평온했던 건 아니라서 그 안에 다양한 불씨가 있었습니다. 그 점을 우리는 깨닫지 못하는 척해왔지만 이제 모르는 척할 수 없게 되었습니다. 어디에 사는가, 무슨 물을 마시는가, 어디서 난 쌀을 먹는가와 같은 일상을 이루는 가장 구체적인 요소 하나하나에 대해 왜 나는 이것을 선택하는지를 보다 깊게 생각해야 하는 것이죠. 이는 사실 지금까지 필요했던 일일 수 있지만 안 하고 넘겨온 것입니다. 제가 직접적으로 지진을 주제로 영화를 만들 것인가 하면, 아마 안 만들겠지요. 그러나 앞으로 현대를 묘사할 경우에는 당연히 그런 일상에 대한 의식 변화를 작품에 반영하는 수밖에 없다고 느낍니다.

제 입장은 지진을 의식적으로 소재로 하는 픽션을 만들 생각은 없습니다. 저의 의식이 변했으니 그런 제가 만들면 영화도 분명 변할 거라는, 그 생각을 기둥 삼아 만들고 싶습니다. 영화가 변하는 게 아니라 제가 변합니다. 이건 지진에만 해당하는 건 아니고, 제가 누군가의 아들이던 때 만든 것과 아버지가 되었을 때 만든 것을 비교해보면 부모 자식 관계를 묘사하는 방식이 달라졌다는 생각이 듭니다. 마찬가지로 지진 현장을 접한 제가 만든 것과 그렇지 않았을 때 만든 것 사이에는 영화 그 자체에도 변화가 있겠지요. 거기서 변화가 없다면 저는 거기까지일 겁니다. 일상에서 사람들을 응시해온 저로서는 의식적으로 바꾸려는 게 아니라 자연스레 반영되는 형태로 작품이 변화해나가기를 바랍니다.

지금 제가 아버지가 되어 느끼는 점이 있습니다. 도쿄에서 학교와 공원의 방사능을 선량계로 측정하는 부모나 되도록 피해 지역과 거리가 먼 산지의 식품을 사려는 부모를 두고 정부가 히스테릭하다고 말합니다. 하지만 정부에서 발표하는 자료가 이렇게 엉망일 때, 부모 입장에서 그 어떤 정보라도 의지해 되도록 안전한 것을 구하려는 건 자식을 생각하면 당연한 반응입니다. 미지의 상황에 직면해 있으니 앞으로 어떤 연구 결과가 나올지도 모르고요. 그때 가서 '역시 아이를 위해 이걸 선택했다면 좋았을걸' 해봤자 늦을지도 모릅니다.

그런 저와 관계 깊은 생활까지 포함해서, 지금 제가 직면해 있는 건 '아버지가 된다는 건 무엇인가'라는 문제입니다. 다음에 만들 영화는 거기서부터 시작해보려 합니다. 다 그런 건 물론 아니지만, 어머니는 자식이 태어난 순간부터 어머니인 듯한데 아버지는 자식에 대해 무언가를 획득해나가지 않으면 아버지가 될 수 없는 느낌이 듭니다. 그 획득의 방식이나 아이와 관계를 맺는 방식은 남자가 날 때부터 알고 있는 게 아니구나 하고 실감하고 있습니다. 제가 자신이 없을 뿐일 수도 있지만요. '완전히 아버지가 될 수 없다'는 느낌이 저에게는 아주 생생합니다.

돌이켜보면 제 아버지도 저와 관계 맺는 법을 몰랐다는

것을 이 나이가 되어 알았습니다. 그것을, 어떤 요인이 있으면 사람은 제대로 아버지가 될 수 있는가, 또는 되는 수밖에 없는가. 그런 부성에 관한 이야기를 그려보고 싶어요. 이것이 지진과 관계있는 이야기인지는 모르겠지만, 사회로부터 받은 것과 저의 문제는 분리할 수 없을 테니 무의식적인 부분에서 묘사할지도 모르겠네요.

(2011년 10월)

나를 만든 영화 66편

영화나 영상을 좋아하게 된 경위에 해당하는 작품과 지금 일단 창작자의 입장에서 높게 평가하는 작품은 전혀 다릅니다. 어린 시절에는 즐겨 봤지만 지금 보면 왜 이게 재밌었을까 싶은 작품도 여럿이고요. 이번에는 모범 답안에서 벗어나 이야기해볼게요. 이제까지 봐온 작품 중에서요. 감독이 되기 전에 본 것이 대부분이고 영화사적으로는 별 의미 없을 겁니다. 초, 중, 고등학생 시절과 대학생 시절에 영향받은 작품들이에요.

영화관에서 처음 본 것부터 말하면, 장소는 이케부쿠로 동쪽 출입구에 있는 영화관이었고요, 기억에 남아 있는 작품은 〈**건망증 선생님**〉(1961년 제작 · 1961년 배급°)이에요. 제 기억으로는 〈**피노키오**〉(1940년 제작 · 1952년 배급)와 동시상영을 했던 것 같지만 아마 개봉 시기에 차이가 있으니 다른 날 갔겠지요. 괴짜 과학자가 갖가지 특이한 발명을 해요. 탄성이 무척 좋은 고무를 발견해 그것을 농구선수의 신발 바닥에 붙여서 엄청난 점프로 슛을 꽂아 넣게 만들기도 하고요. SF 코미디 같은 영화였달까요. 그걸 서서 봤지요. 극장이 관객으로 꽉 차서 웃음소리가 엄청났고, 사람들 틈 사이로 봤던 기억이 나요. 아마 초등학교 1학년쯤이었을 거예요. 1969년 정도. 봤던 해가 언제인지는 정확히 모르겠네요. 그것이 영화관에서의 원체험이에요. 〈피노키오〉는 고래에게 먹혀 배 속으로 들어가는 이야기죠. 일렁거리는 파도와 고래가 삼키는 장면이 기억에 아주 선명히 남아 있어요.

저는 평범한 아이였어요. 영화관에 매주 가는 습관도 없었고 집이 경제적으로 여유롭지도 않았죠. 딱히 문화적으로 풍족한 환경도 아니었으니 제가 감독이 된 건 우연이라고 생각해요. 어머니가 젊은 시절 거의 매주 영화를 봤다고 했어요. 결혼 전이었으니 전쟁 전이죠. 어머니는 전후에도 결혼하기 전까지는 삼촌이 자주 영화관에 데려갔다고 해요. 삼촌은 유라쿠초에서 은행원을 하셨어요. 어머니는 할

○ 이 배급일들은 모두 일본 개봉일 기준이다.

머니와 할아버지를 일찍 여의어서 삼촌이 꽤 예뻐해줬다고 해요.

어머니가 영화를 좋아하셨으니 영화관에는 안 가더라도 TV에서 뭘 해주면 밤에 집에서 함께 봤어요. 그게 아마도 영화와의 첫 만남이었을 거예요. 그래서 대부분은 더빙판이었죠. NHK에서 방송할 때만 분명 자막이 붙어 있었는데 기본적으로는 더빙이 대다수였어요.

그 무렵 보고 기억에 남은 건 히치콕이에요. 어머니는 조앤 폰테인을 좋아했어요. **〈레베카〉**(1940년 제작·1951년 배급) 같은 작품에 나오죠. 잉그리드 버그만도 좋아해서 히치콕 작품은 아니지만 **〈카사블랑카〉**(1942년 제작·1946년 배급)도 봤고요. 의외라고 생각하실 수도 있는데 처음에 본 건 그런 옛날 흑백 할리우드 영화예요. 〈레베카〉 **〈서스피션〉**(1941년 제작·1947년 배급) **〈가스등〉**(1944년 제작·1947년 배급), 비비언 리의 **〈애수〉**(1940년 제작·1949년 배급). 그런 작품들을 어머니와 함께 봤답니다.

그 뒤 기억에 강렬하게 남은 것이 히치콕의 **〈새〉**(1963년 제작·1963년 배급)예요. 아마도 초등학생 때 TV에서 보고 너무나 강렬한 인상을 받았던 탓에 학교 가는 길에 새가 신경 쓰여 어쩔 줄 몰랐죠.(웃음) 어린애한테는 정말 무서웠어요. 주위에 있는 까마귀가 언제 나를 덮칠지 모른다는, 일상의 풍경을 바꾸는 힘을 가진 영화예요. 여하튼 학교 가는 길이나 학교에 있는 정글짐 같은 게 너무나 신경 쓰여서 견딜 수 없어지는, 그런 영화였답니다. 어린 시절에는 비교적 재난 영화가 많았어요. 〈타워링〉이라든지 〈에어포트 75〉라든지, 그런 종류의 영화가 어릴 때는 꽤 많았어요. 〈새〉는 좀 더 먼저 봤던 거 같고요.

SF도 좋아해서 **〈바디 캡슐〉**(1966년 제작·1966년 배급)이나 그런 부류의 영화도 전부 TV로 보고 반했어요. 그래서 초등 고학년 때 푹 빠졌던 게 **〈혹성탈출〉**(1968년 제작·1968년 배급). 이것도 TV에서 더빙판으로 봤어요. 어린애였으니 그 행성이 지구라는 사실은 마지막까지 전혀 눈치채지 못해서, 라스트신에서 모래사장에 몸이 반쯤 파묻힌 자유의 여신상을 봤을 때 심하게 충격받았죠. 다음 날 학교에서 "어제 〈혹성탈출〉 봤어?" 하며 친구에게 얘기했던 기억이 나네요.

지금은 생각할 수 없는 일이지만, 거기서부터 어째서인지 찰턴 헤스턴에게 푹 빠졌답니다. 그 마초 공화당 지지자의 말로를 생각하면 저와는 상극이지만 그때는 분명 멋있어 보였겠지요. 《시네 앨범》이라는 컬러 사진을 모아놓은 책이 있었어요. 인터뷰 같은 것도 뒤쪽에 실려 있는데, 어린 시절에는 그걸 사서 가지고 있었다니까요. 또 《로드쇼》와 《스크린》이라는 해외 영화를 소개하는 잡지를 스크랩했던 것 같기도 해요. **〈벤허〉**(1959년 제작·1960년 배급)나 **〈십계〉**(1956년 제작·1958년 배급) 같은 작품이요. 〈벤허〉도 충격적이었죠. 찰턴 헤스턴이 좋았어요.

동시대적으로는 거기서부터 아메리칸 뉴시네마°로 가요. 전부 TV로 봤는데 **〈내일을 향해 쏴라〉**(1969년 제작·1970년 배급)의 로버트 레드퍼드와 폴 뉴먼, 캐서린 로스 세 사람이 역시 당시 저한테는 영웅이었어요. 레드퍼드와 뉴먼이 숨어 있던 곳에서 뛰쳐나가 총에 맞아 죽기 직전의 스톱모션으로 영화가 끝나는데, 그 흑백 포스터를 방에 붙여놨어요. 극 중 캐서린 로스와 폴 뉴먼이 자전거를 타는 장면이 있죠. 캐서린 로스는 로버트 레드퍼드와 맺어져 있지만 폴 뉴먼도 캐서린 로스를 아마 좋아했을 거예요. 둘이서 자전거를 타죠. 〈머리 위에 떨어지는 빗방울Raindrops keep fallin' on my head〉이라는 노래가 배경으로 깔렸던 것 같은데 그 부분이 좋았어요.

° 1960년대 후반부터 1970년대 초반까지 미국 사회의 모순이나 부정적 현실을 다루었던 영화.

아마 그 시기에 〈**졸업**〉(1967년 제작·1968년 배급)이랑 〈**우리에게 내일은 없다**〉(1967년 제작·1968년 배급) 같은 영화도 봤을 거예요. 〈미드나이트 카우보이〉는 좀 더 큰 뒤에 봤을 텐데, 아메리칸 뉴시네마라고 불리는 작품은 그 시기에 세례를 받았죠.

그때 어째서인지 가장 푹 빠졌던 영화가 〈**브라더 선 시스터 문**〉(1973년 제작·1973년 배급)이에요. 이건 아메리칸 뉴시네마가 아니라 이탈리아 영화죠. 이때가 초등학교 6학년인가 중학교 1학년쯤일 텐데, 아시시의 성 프란체스코의 이야기를 그린 전기 영화로 프랑코 제피렐리 감독의 작품이죠. 이 작품에 빠지기 전에 프랑코 제피렐리의 〈로미오와 줄리엣〉을 보고 올리비아 허시를 좋아했던 것 같아요. 올리비아 허시를 매개로 감독에게 이르러 그의 다른 작품인 〈브라더 선 시스터 문〉을 본 거죠. 견직물상을 하는 집안에서 태어난 아들이 전쟁터에 다녀와 인생관이 바뀌어, 아버지의 집에 있는 가난한 사람들로부터 빼앗은 옷을 비롯한 수많은 물건을 창밖으로 내던지죠. 그러고 나서 벌거벗고 탁발수도회라는 것을 창설하는 이야기예요. 가톨릭이 권위화하고 돈을 모으는 것 등에 반대해 교회를 세우지 않고 집집마다 탁발을 하며 돌아다녔어요. 아시시의 성 프란체스코는 일본에서도 꽤 인기가 있죠. 오랜 시간이 흐른 뒤에 보니 프란체스코 이야기라면 로베르토 로셀리니의 **〈프란체스코, 신의 어릿광대〉**(1950년 제작·1991년 배급)가 훨씬 더 재미있달까, 훌륭하다는 건 알겠지만 저의 입구는 제피렐리였죠. 〈브라더 선 시스터 문〉은 도노반이라는 영국 가수의 노래가 무척 근사해서 DVD로 나왔을 때 곧바로 샀어요. 아직도 좋아한답니다. 아마 저는 초등학교 졸업앨범에 좋아하는 영화는 〈브라더 선 시스터 문〉이라고 썼을 거예요. 아주 마초적인 찰턴 헤스턴과 탁발수도회 이야기인 〈브라더 선 시스터 문〉을 둘 다 썼던 것 같네요.

거의 같은 시기에 푹 빠졌던 건 오히려 학교에서 돌아온 오후 4시 무렵 TV에서 재방송하던 닛폰TV의 청춘 드라마 시리즈였죠. 처음에는 누나가 보던 걸 함께 봤던 듯한데, **〈청춘이란 무엇인가〉**(1965-1966년) 등을 그런 식으로 보기 시작해 아마도 거기서 연속극에 빠졌던 것 같아요. 그러고 나서 처음으로 스스로 보고 반했던 게 **〈친애하는 어머님께〉**(1975-1977년)와 **〈상처투성이 천사〉**(1974-1975년)예요. 아, 거기에 이르기 전에 먼저 '도시바 일요극장'에 빠졌었죠. '도시바 일요극장'을 매주 빼먹지 않고 보는 희귀한 초등학생이었거든요. 그런 건 보통 초등학생한테는 재미없잖아요.

요컨대 홈드라마는 딱히 이야깃거리가 되지도 않죠. 다들 **〈태양을 향해 짖어라!〉**(1972–1987년)를 봤으니까요. 물론 저도 〈태양을 향해 짖어라!〉를 봤지만 가장 좋아했던 건 '도시바 일요극장'이에요. 분명 그전부터 **〈고마워〉**(1970–1975년)나 **〈무꽃〉**(1970–1977년), **〈대장부 엄마〉**(1972–1986년) 같은 작품으로 홈드라마에 입문하긴 했죠. 그러니 일단 각본가를 의식하지 않고 무코다 구니코를 만나긴 했네요.° 왜 그런 드라마를 좋아했는지는 모르겠어요. 물론 구제 데루히코 씨가 연출한 시리즈 **〈시간 됐어요〉**(1970–1990년)부터 **〈데라우치 간타로 일가〉**(1974–2000년)에도 반했지만, 아주 보수적인 '도시바 일요극장'도 엄청 좋아했죠.

그중에서도 몇몇 인상 깊었던 작품이 있어요. 먼저 **〈반에이〉**(1973년)라는 홋카이도의 짐수레 경마를 소재로 삼은 드라마인데, 고바야시 게이주와 야치구사 가오루가 부부로 나와요. 좋은 이야기죠. 야치구사 가오루가 귀여워요. 아마 이건 중학생 때였지 싶네요. 이 시기에 HBC 홋카이도방송이라는 지방 방송국이 구라모토 소의 각본으로 단막극을 정기적으로 만들었죠. 구라모토 씨가 마침 도쿄에서 NHK와 사

° 〈무꽃〉은 마쓰키 히로시와 무코다 구니코의 공동 각본이다.

이가 틀어져 대하드라마를 중도 하차하고 삿포로로 이주한 때였을까요. 홋카이도로 도망간 시기예요. 그즈음 만들어진 단막극이 꽤 재밌답니다. 〈반에이〉는 그중 하나죠. 기억에 몇 편 희미하게 남아 있어요. 〈아아! 신세계〉나 〈풍선이 올라갈 때〉 등 명작이 있지만, 이런 작품들은 한참 뒤에 다시 보면 이거였구나 하는 정도예요. 작품으로서의 완성도는 그 쪽보다 떨어질 수 있어도 동시대에 보고 깊은 인상을 남긴 건 〈반에이〉였죠.

그 뒤에 **〈우리 집 본관〉**(1975-1981년)이라는 홋카이도 경찰을 주인공으로 한 시리즈가 시작되는데, 야치구사 가오루와 오타키 히데지가 나와요. 이 작품도 무척 좋아했답니다.

'도시바 일요극장' 이야기만으로 끝날 것 같은데요, 야마다 요지 씨가 '도시바 일요극장'의 각본을 몇 편 썼죠. 아마 제가 아직 초등학생이었을 때, **〈방탕 일대 아들〉**(1973년)이라는 아쓰미 기요시 주연의 라쿠고°°를 소재로 삼은 한 회짜리 드라마가 있었어요. 이것도 DVD로 나와서 얼른 샀죠. 저는 '도라 씨'°°°를 보지 않았으니 아쓰미 기요시와 처음

°° 우스운 내용으로 청중을 즐겁게 만드는 일본의 전통 예능.

°°° 아쓰미 기요시는 〈남자는 괴로워〉 시리즈에서 '도라 씨'라는 캐릭터를 연기해 국민적 스타가 되었다.

만났던 게 이 〈방탕 일대 아들〉이었거든요. 이 드라마는 아주 재밌었죠.

이것이 중학교 시절이고요, 고등학교와 대학교를 다니던 무렵에는 거의 의식적으로 무코다 구니코와 야마다 다이치, 구라모토 소, 이 세 각본가의 작품을 뒤쫓아 보기 시작했어요. 이 시기에 가장 영향을 받았던 건 야마다 다이치의 **〈초봄 스케치북〉**(1983년)과 **〈추억 만들기〉**(1981년)예요. 이건 벌써 대학에 들어간 무렵일 텐데, 거기서부터 거슬러 올라가 〈강변의 앨범〉 등을 봤죠. 동시대는 아니었지만요. 〈강변의 앨범〉은 가끔 보긴 했지만 전부 다 본 건 아니에요. 연속극을 보기 위해 매주 집에 빨리 들어갔던 건, 중학생 시절의 **〈우리들의 여행〉**(1975-1976년)이라는 나카무라 마사토시가 주연한 드라마. 이건 가마타 도시오가 각본을 썼는데 중학생이 동경하는 대학생들의 청춘물이었죠. 기치조지가 무대였으니 아주 친근하게 느껴졌던 것도 있는데, 그 이후 계속 그랬어요.

무코다 구니코가 세상을 떠나기 전에는 각본가로 분류해서 봤던 작품이 그리 많지 않아요. **〈아·웅〉**(1980년)이나 **〈아수라처럼〉**(1979-1980년)은 고등학생에게는 아직 그리 와닿지 않았다는 게 솔직한 심정일 거예요. 오히려 무코다 씨가 세상을 떠난 뒤에 구제 씨가 신춘 드라마 스페셜이나 종전 기념일 드라마에서 했던, 무코다 구니코가 남긴 작품을 베이스로 다른 각본가가 다시 써서 만든 다나카 유코 주연의 두 시간짜리 드라마가 좋았어요. 훗날 생각해보니 아주 배울 점 많은 작품이 여러 개 있었죠. 그중에서도 **〈하늘의 양〉**(1997년)이라는, 고바야시 가오루가 라쿠고가를 연기한 무척 멋진 작품이 있어요. 언젠가 다나카 유코와 고바야시 가오루를 찍고 싶은데 어지간히 실현이 안 되네요. 구제 씨와 다나카 유코가 콤비를 이룬 이런 작품은 전부 훌륭해요. 연출가와 배우의 매우 이상적인 만남 아닐까요. TV는 이 정도네요.

대학에 들어가 심심풀이로 영화관에 다니기 시작했어요. 그때 반했던 게 페데리코 펠리니였어요. 이 이야기는 꽤 여러 곳에서 했는데, 와세다 근처에 ACT 미니시어터라는 영화 동아리 부실 같은 곳이 있었죠. 연회비 1만 엔을 내면 매일 가도 됐어요. 상영하는 작품은 한정되어 있으니 같은 영화를 몇 번이고 거듭 보게 되죠. 아무래도 불법이었던 것 같지만요. 나중에 무슨 이유로 없어졌거든요. 잘 모르겠지만 무단 상영이 아니었을까 싶네요. 거기서 예이젠시테인 특집, 펠리니나 이탈리아 네오리얼리즘 특집, 프랑스 누벨바

그 등을 그전까지 별로 의식하지 않았던 영화 분류법이랄지 감상법으로 보기 시작했어요. 아주 늦었지만요. 처음에는 잉그리드 버그만이나 찰턴 헤스턴이 나오는 작품을 찾아서 봤고, 그 뒤 각본가로 찾아서 드라마를 보기 시작했으며, 대학에 가서야 비로소 감독이란 무엇인가 생각했죠. 그때 펠리니의 〈**길**〉(1954년 제작·1957년 배급)과 〈**카비리아의 밤**〉(1957년 제작·1957년 배급)을 동시상영으로 봤어요. 이건 대체 뭘까 싶었어요. 재밌었죠.

그리고 이케부쿠로의 분게이자와 긴자의 나미키자, 미타카 오스카라는 극장에서 세 편 동시상영으로 보기도 했네요. 그런 곳에서 이런저런 작품을 봤던 게 영화가 일이 되어가는 시작점이었다고 생각해요.

이것도 좀 부끄러운데, 나미키자에서 구로사와 아키라의 〈**살다**〉(1952년)와 〈**멋진 일요일**〉(1947년)을 10대의 끝 무렵에 동시상영으로 봤어요. 19금이었을 거예요. 대학 신입생 때였을 텐데, 여러 의미로 강렬했죠. 오즈 야스지로, 나루세 미키오, 미조구치 겐지도 전부 나미키자에서 봤답니다. 그곳이 출발점이었고, 거기서부터 영상자료원에 가는 등 여기저기서 봤지만 나미키자에 많이 갔죠. 필름은 너덜너덜했지만요. 컬러 영상은 색이 바랬지, 흑백 영상은 그야말로

스크래치투성이에 노이즈도 들어갔지, 컷은 날아갔지, 그래도 재밌었어요. 그 무렵 처음으로 일본 영화를 제대로 보자고 생각했죠. 그게 처음이었을 거예요. 지금은 나루세 미키오가 재밌지만 당시엔 역시 구로사와 아키라였거든요. 일본 영화는 어쩐지 지루한 느낌이었는데 구로사와의 작품은 재밌었죠. 지금의 제 작풍과는 전혀 관계없을지도 모르지만요.

이것도 아마 대학생 시절 봤을 텐데, 오구리 고헤이의 **〈진흙강〉**(1981년)도 좋아했어요. 여전히 좋아합니다. 지금 봐도 울어요. 원작 소설을 쓴 미야모토 테루를 무척 좋아하기도 했으니까요. 배에서 매춘을 하는 가정의 남매 중 누나인 긴코라는 소녀가 다리 끝 간이식당 같은 곳에서 밥을 얻어먹죠. 주인공 소년의 부모인 후지타 유미코와 다무라 다카히로가 운영하는 가게에서요. 뒤주에 손을 넣고 있으면 행복한 기분이 든다고 말해요. 자기 집에서는 그런 식생활을 못 하니까요. 그게 무척 슬프고 좋았죠.

그즈음 봤던 건 지금과 이어지는 작품이 꽤 있는데, 역시 전 처음엔 이탈리아 영화를 좋아했어요. 펠리니로 입문했으니까요. 로베르토 로셀리니의 **〈무방비 도시〉**(1945년 제작·1950년 배급)와 **〈전화의 저편〉**(1946년 제작·1949년 배급)은

ACT 미니시어터에서 봤어요. 〈**독일 영년**〉(1948년 제작·1952년 배급)도 좋아했고요. 아마 그 무렵부터 아이가 나오는 영화를 좋아했던 거겠죠.

그 시기로 말하자면 이탈리아에 타비아니 형제가 있었네요. 아마 70년대부터 80년대까지일까요. 〈**로렌조의 밤**〉(1982년 제작·1983년 배급)과 〈**파드레 파드로네**〉(1977년 제작·1982년 배급) 이 두 영화가 기억에 남아 있어요.

그리고 미켈란젤로 안토니오니. 〈**외침**〉(1957년 제작·1959년 배급)을 좋아했어요.

이런 영화를 찍고 싶다고 생각하기 시작한 이후의 작품으로 말하자면 로버트 벤턴의 〈**마음의 고향**〉(1984년 제작·1985년 배급)이에요. 샐리 필드가 나오죠. 존 말코비치가 훌륭했고요. 말코비치가 아이의 손을 꼭 잡는 좋은 장면이 있는데, 그 대목에서 눈물이 나요. 로버트 벤턴은 〈**크레이머 대 크레이머**〉(1979년 제작·1989년 배급)도 그렇지만 저한테는 교본 같은 영화를 찍는 감독 중 하나죠.

로버트 레드퍼드는 감독이 된 뒤로도 좋아하는데, 〈**흐르는 강물처럼**〉(1992년 제작·1993년 배급)에서는 브래드 피트가 지금으로서는 상상이 안 되는 순진한 청년 역할로 나와요.

그리고 라세 할스트롬 감독의 〈**개 같은 내 인생**〉(1985년 제작·1988년 배급). 이것도 아이들의 영화예요. 여기 나오는 소녀가 귀여웠죠. 뭘 하든 사고만 치는 주인공이 그 소녀를 동경하는데, 같이 복싱도 해요. 여자애라는 사실을 숨기고 생활하는 탓에 가슴에 천을 감기도 하는데 뭔가 귀여웠죠. 축구 시합에 나가서는 남자애들은 프리킥을 할 때 급소를 가리는데 여자애만 가슴을 가리거든요. 그게 엄청 귀여웠어요.

그리고 테오 앙겔로풀로스. 전부 멋지지만 한 편 꼽으라고 하면 **〈안개 속의 풍경〉**(1988년 제작·1990년 배급)이죠. 아버지를 찾는 누나와 남동생 이야기예요.

베르나르도 베르톨루치도 있네요. **〈1900년〉**(1976년 제작·1982년 배급)은 아주 장대한 노동자 혁명 이야기인데, 로버트 드니로와 제라르 드파르디유가 굉장해요. 두 사람도 훌륭하지만 가장 인상 깊었던 건 악역으로 나온 도널드 서덜랜드였죠.

한 편 까먹었네요. 아메리칸 뉴시네마의 흐름에서, 이것도 처음에는 TV로 봤는데 **〈자니 총을 얻다〉**(1971년 제작·1973년 배급)라는 달튼 트럼보의 영화. 이건 충격적이었어요. 이 작품을 보고 전쟁이라는 것에 대해 처음으로 생각해보지 않았나 해요. 대학생 시절 어딘가에서 상영을 해서, TV로 봤던 것을 다시 한 번 보자 하고 당시 좋아하던 여자 아이를 불러 함께 갔죠. 하지만 그때는 별로 와닿지 않았어요. 데이트할 때 볼 만한 영화가 아니구나 생각했지요.

에리크 로메르의 〈**녹색 광선**〉(1986년 제작·1987년 배급)을 본 건 몇 살 때였는지 기억나지 않지만 장소는 미타카 오스카였어요. 로메르의 작품 세 개를 동시상영으로 봤는데 〈녹색 광선〉이 가장 좋았죠. 줄거리가 별거 없어요. 대단한 이야기는 전혀 안 하거든요. 인간관계가 잘 풀리지 않는 여자 이야기죠. 연애도 잘 안 풀리고요. 그저 뭐라고 계속 자기 얘기를 하는데, 마지막에 어떤 남자가 나타나 갑자기 녹색 광선 이야기를 해요. 그걸로 갑자기 맥없이 끝나버리죠. 복선도 없거니와 딱히 그럴싸한 결론도 없어요. 하지만 멋지답니다. 이런 걸로도 영화가 되나 싶달까, 오히려 이런 걸로 영화가 되다니 대단하구나 했죠. 그 로메르의 경쾌함은 뭘까 싶었어요. 지금은 주제나 메시지 같은 걸 인터뷰어가 물으면 욱하고 치밀어 올라요. 그런 게 없으면 영화가 성립되지 않고, 만든 게 거기로만 요약되어 그것밖에 전해지지 않으며, 그걸 알면 다 이해한 듯한 기분이 드는 상황에서는 창작자와 보는 이가 별로 행복한 관계를 맺지 못하겠죠. 그렇지 않은 데 영화의 풍성함이 있다는 점은 아마도 로메르가 가르쳐주지 않았나 해요.

TV 일을 할 때 영화를 찍고 싶어서 매우 질투하면서도 동경했던 작품들이 있어요. 20대 마지막부터 30대 무렵까지 봤던 그런 작품들 가운데 크게 영향을 받았던 건 허우샤오시엔의 영화들이죠. 그중에서도 〈**연연풍진**〉(1987년 제작·1989년 배급)을 가장 좋아합니다. 제 아버지가 대만에서 태어났거든요. 대만 영화를 허우샤오시엔 작품으로 처음 접했는데 아마 시작이 〈동년왕사〉였을 거예요. 거기서 그려진 게 대만 남쪽의 마을이었는데, 아버지가 나고 자란 곳은 이런 풍경이었구나 했죠. 이야기로만 들었으니 묘한 향수를 느꼈어요. 일제 강점기에 지어진 오래된 일본식 가옥이 무대이기도 했으니 더 그랬을 수도 있지만요. 개인사적으로도 허우샤오시엔의 영화에는 좀 특별한 감상을 품었죠.

그리고 90년대 초반에 에드워드 양의 〈**고령가 소년 살인사건**〉(1991년 제작·1992년 배급)이 수입됐죠. 도쿄 국제영화제에서 상영했을 텐데요. 하지만 당시 그 영화의 대단함을 알았느냐면 그렇지 않았죠. 여자 주인공 리사 양이 귀엽다는 생각은 했지만요. 그래도 그런 작품들을 보고 '아, 영화를 찍고 싶다'고 생각했던 건 틀림없어요.

같은 시기에 압바스 키아로스타미의 〈**내 친구의 집은 어디인가**〉(1987년 제작·1993년 배급)가 시부야의 유로스페이스에서 개봉했어요. 이 영화의 줄거리는 친구의 숙제 공책을 실수로 가져와버린 소년이 그걸 돌려주러 가는 게 다죠. 그것만으로도 이렇게 스릴 넘치고 재밌는 작품이 완성된다는 점도 상당한 컬처쇼크였어요. 대단하구나 싶었죠.

아까 깜빡했는데요, 빅토르 에리세 감독의 **〈남쪽〉**(1982년 제작·1985년 배급)이라는 작품도 빼놓을 수 없죠. 〈벌집의 정령〉도 〈남쪽〉과 비슷한 시기에 개봉했던 거 같아요. 그때 창간된 잡지 《뤼미에르》에서 봤던 기억이 있어요. 이 두 작품으로 이미 에리세는 제 안에서 진심으로 동경하는 감독이 되었죠. 〈남쪽〉의 오메로 안토누티가 좋아요. 주인공 소녀의 아버지 역이죠. 이 영화, 실은 미완성작이라는데 지금 생각하면 수수께끼를 남긴 채 끝나는 결말이 아주 좋게 느껴졌어요. 아버지를 잘 모르겠다고 말하는 영화예요. 저도 아버지를 모르는 채 떠나보내서 이것도 개인적으로는 꽤 중요한 영화였어요.

그러고 한참 뒤에 켄 로치의 **〈케스〉**(1969년 제작·1996년 배급)를 봤죠. 이것도 아이가 주인공인 영화랍니다. 이때부터 켄 로치라면 볼 수 있는 건 다 본 것 같은데, 지금 현역으로 활동하는 감독 중에는 가장 좋아해요. 제 경험담과 섞어 말하자면, 켄 로치가 〈달콤한 열여섯〉 개봉 이벤트차 일본에 왔을 때 이미 저는 영화감독이 되어 있었으니 영화사 시네콰논의 이봉우 사장에게 주선을 부탁해 어느 빌딩 옥상에서 만났어요. 거기서 "열성 팬이에요. 〈케스〉를 엄청 좋아해요"라고 말씀드렸고, 소년을 연출하는 방법에 대해 몇 가지 물어보기도 했죠. 실은 이제부터 아이가 주인공인 영화를 찍으려 한다고 말했더니 제목이 뭐냐고 하셔서 "'아무도 모른다'입니다"라고 했죠. "그럼 영어로는 'Nobody Knows'가 되겠군"이라는 말을 듣고 좋은 제목이구나 싶었습니다. 직역이긴 해도 켄 로치의 입으로 들었으니까요. 그래서 그 영화의 인터내셔널 타이틀은 'Nobody Knows'예요.

허우샤오시엔은 1993년쯤 TV 취재를 통해 만났어요. 대만에 가서 허우샤오시엔과 에드워드 양의 현장을 취재하고, 허우샤오시엔 작품 〈희몽인생〉의 일본 개봉을 위한 홍보의 일환으로 뭔가 찍어달라는 요청을 받았거든요. 그래서 대만 영화사 같은 것을 다뤄보자 생각하고 만든 방송이었죠. 그때 허우샤오시엔에게 영화를 찍고 싶다는 이야기를 했는데 왠지 저를 마음에 들어 해주셨어요. 그 무렵 일본에 오실 때마다 밥을 사주셨어요. 미야모토 테루의 소설을 원작으로 영화를 찍으려 한다고 말했더니 감독님과 늘 함께 있는 각본가 주톈원 씨가 "미야모토 테루라면 알아요" 하더군요.

줄거리를 이야기하자 재밌을 것 같다고 말해줬어요. 거기서 허우샤오시엔이 "베네치아 국제영화제에 보내봐"라고 말했어요. 완성하면 베네치아에 출품하는 게 좋다고요. 어째서인지는 잘 모르겠네요. 그래서 찍기 전부터 완성하면 베네치아에 출품하리라 결심하고 만들었죠. 왜 그때 베네치아가 좋다고 했는지는 잘 모르겠어요. 허우샤오시엔은 완성된 영화는 칭찬해주지 않았지만요.(웃음)

또 다른 작품은 소마이 신지 감독의 〈**태풍 클럽**〉(1985년). 제 이야기를 같이 하자면, 제가 영화감독 데뷔할 때 투자금이 어지간히 안 모였거든요. 등장인물이 자살하는 어두운 이야기이기도 해서요. 투자금 확보 때문에 고생하고 있었더니 드라마를 함께했고 그때 광고 같은 걸 찍고 있었던 카메라맨 나카보리 마사오 씨가, 소마이 씨 작품을 프로듀싱하는 야스다 마사히로라는 사람이 있으니 소개해주겠다고 해서 각본을 보냈죠. 야스다 씨가 요즘 세상에 이런 걸 영화로 찍는 녀석의 얼굴이 보고 싶다고 했대요. 입이 거친 사람이었으니까요. 저를 만나러 와서 히로오에 있는 슌주라는 중화요릿집에서 밥을 사주며 "관둬"라고 하더군요.(웃음) "영화는 실패하면 두 번 다시 못 찍어"라고요. "정말 할 거야?"라고도 했어요. 하지만 완성했더니 봐줬고, 시사회에 소마이 신지 감독을 데리고 와줬어요. 소마이 씨가 본 뒤 밥 먹으러 가자고 해서 둘이 아카사카에서 자라 요리를 먹었죠. 〈태풍 클럽〉도 그렇고, 그 전작 **〈숀벤 라이더〉**(1983년)도 그렇고, 현역 일본 감독 중에서 가장 좋아하는 분이었으니 심하게 긴장했죠. 두 시간 정도 일대일로 마주 앉아 밥을 먹었는데, 무슨 이야기를 했는지 전혀 기억이 안 나요. 뭔가 스님 같은 옷에 게다를 신고 아카사카 거리를 걸어가던 뒷모습은 기억하고 있어요. 자라 요릿집에서 사케를 마시고 〈환상의 빛〉을 본 소감을 말씀해주셨는데 그건 기억이 나네요. "칭찬해줄게" 하면서요. 이런저런 세세한 감상을 들었죠. 소마이 씨의 〈태풍 클럽〉은 대단한 영화예요. 소마이 신지라는 사람은 제 개인사에서 아주 큰 존재죠.

제가 만드는 영화와는 전혀 다르지만, 첫 번째 영화를 찍은 직후 기술 시사회를 마친 다음 날쯤 장 르누아르의 **〈황금마차〉**(1953년 제작·1991년 배급)를 처음 봤어요. 극장 개봉은 처음이거나 몇 십 년 만이었을 거예요. 너무 좋아서 좀 충격이었죠. 프랑스 영화감독 중에서는 로메르도 좋아했지만 굳이 따지자면 브레송파였거든요. 르누아르를 보고 이 즐거움은 뭐지 싶었어요. 생을 찬미하고 있달까요. 대범하고 활기차고, 안나 마냐니도 근사해서 이런 영화를 찍고 싶다고 생각했죠. 못 찍지만요. 지금 제가 찍는 영화와 전혀 다르지만 이런 작품 좋구나 싶었던 건, 그 시기라면 〈황금 마차〉와 **〈쉘부르의 우산〉**(1964년 제작·1964년 배급)이에요. 뮤지컬이에요. 대사가 전부 노래죠. 아직 제가 마주하지 않은 타입의 영화들이지만, 전혀 싫지 않아요. 오히려 좋아하는 영화죠. 뮤지컬이든 아니든 다 본 뒤에 노래를 부르고 싶어지거나 춤을 추고 싶어지는 그런 영화는 좋구나 싶어요. 그런 영화를 언젠가 찍고 싶어요.

같은 세대는 아니지만 지금 동시대 감독 중 존경하는 사람은 한국의 이창동이에요. 처음 본 작품은 〈박하사탕〉. 이창동의 작품은 전부 훌륭하죠. **〈오아시스〉**(2002년 제작·2004년 배급)로 압도됐고, **〈밀양〉**(2007년 제작·2008년 배급)도 그렇고요. 한 편 꼽으라 하면 〈밀양〉이에요. 전혀 밝지 않은 영화지만 결코 인간에 대해 절망하고 있지 않아요. 또 특별한 컷을 찍지 않고요. '어떠냐!' 하는 장면을 찍지 않는 거예요. 하지만 전부 좋죠. 불필요한 게 없어요. 배우도 훌륭하고요. 그런 영화를 찍고 싶다고 생각하게 만든 사람 중 하나예요.

같은 세대 감독 중에서 작품을 보면 나도 열심히 해야지 생각하게 되는 건 역시 아톰 에고이안이나 폴 토머스 앤더

슨이에요. 그런 감독들의 작품에서 자극을 받아요. 에고이안의 〈엑조티카〉나 **〈달콤한 후세〉**(1997년작·1998년 배급) 같은 작품이요. 최근작은 세계 전반적으로 평가가 좀 흔들리고 있어서 열심히 해줬으면 하지만, 저는 좋아해요. 〈달콤한 후세〉는 특히 좋아요.

전 TV 드라마와 영화가 반반이에요. 제가 별로 시네필은 아니거든요. 이렇게 열거해보니 새삼 그런 생각이 드네요. 잡종이지요.

(2017년)

〈파비안느에 관한 진실〉을 찍기 위해 다시 본 영화

이번에 〈파비안느에 관한 진실〉에도 출연한 카트린 드뇌브의 작품 중 하나를 꼽으라고 하면 자크 드미의 〈쉘부르의 우산〉입니다. 이 영화가 카트린 드뇌브라는 배우와의 만남이기도 했고요. 이렇게 세련된 영화가 있을까 하는 생각이 드는 압도적인 작품이지요. 특히 좋아하는 건 라스트신. 눈 오는 주유소 장면입니다. 슬픔이 아주 잘 표현되어 있죠. 뮤지컬 영화라서 노래도 물론 좋지만 영화는 이런 표현이 가능하다는 깨달음을 주는 작품입니다.

처음 본 건 학생 때네요. 40년 가까이 지났으니 기억이 분명하지 않지만, 아마 이케부쿠로의 영화관 분게이자 혹은 메이가자에서 봤던 것 같네요. 그 무렵에는 카트린 드뇌브라는 배우를 특별히 의식하지 않았고, 프랑스 여성 배우 중에서는 오히려 잔 모로를 좋아했습니다. 루이 말 감독의 〈사형대의 엘리베이터〉 등에 나왔죠. 누벨바그로 프랑스 영화에 입문했을 때 그 시대의 뮤즈는 잔 모로였습니다. 굳이 한 사람을 고르자면 당시에는 잔 모로에게 더 끌렸던 것 같아요. 잔 모로가 더 프랑스 배우스럽죠. 작가성 강한 작품에 자주 출연해서 더욱 그렇게 느꼈나 봅니다. 배우로서는 드뇌브가 좀 더 주류에 가까우니까요.

장 르누아르의 〈황금 마차〉는 '프랑스 영화 10편'을 고르라고 하면 반드시 넣는 작품입니다. 본 시기는 사실 서른 넘어서였어요. 장 르누아르의 영화는 축제 느낌이 납니다. 인간과 인생을 축복하는 듯한 느낌이 있어서 좋아요. 이탈리아 유랑극단의 여성 배우 이야기라서 〈파비안느에 관한 진실〉을 만들 때도 다시 보며 참고한 작품 중 하나입니다. 주연을 맡은 안나 마냐니는 이탈리아 배우인데, 드뇌브도 쥘리에트 비노슈도 좋아하는 배우 중 하나로 꼽을 정도입니다. 정말 멋진 배우지요.

고전을 또 꼽아보자면 자크 베케르의 작품이죠. 제가 베케르를 좋아하는 건 의외라고 여기실 수도 있지만 〈앙투안과 앙투아네트〉도 좋아하고, 〈현금에 손대지 마라〉 역시 근사합니다. 〈황금 투구〉도 좋고요. 〈황금 투구〉는 제 어머니가 좋아했습니다. 주연인 시몬 시뇨레의 이름을 저는 어머니의 입을 통해 처음 들었죠. 베케르의 작품 중에는 좋아하는 것이 너무 많아서 하나를 고르기 힘들지만, 한 편만 꼽아보라고 한다면 〈구멍〉이겠지요.

〈구멍〉은 소리가 정말이지 압도적입니다. 소리와 행위만으로 이루어진 영화예요. 교도소에서 탈옥한다는 제한된 상황 속에서 구멍을 파는 것만으로 영화가 완성된다는 놀라움. 그 콘크리트를 뚫는 소리의 굉장함. 탈옥물 하면 로베르 브레송의 〈사형수 탈옥하다〉도 유명하지만 저는 〈구멍〉이 좋습니다.

실은 〈파비안느에 관한 진실〉에서 촬영에 쓴 주인공 파비안느의 집 뒤편에는 상테 교도소라는 진짜 감옥이 있는데, 그곳이 〈구멍〉의 무대가 된 곳이래요. 〈구멍〉은 그 교도소에서 실제로 일어난 탈옥 사건을 바탕으로 한 이야기로, 영화 도입부에 탈옥한 남자가 등장해 "지금부터 펼쳐질 이야기는 저의 실제 경험담인데요"라고 말하기도 합니다. 〈파비안느에 관한 진실〉에서 파비안느의 전남편 피에르가 사위 행크에게 "가스파르는 믿어선 안 돼"라고 하는 대사가 있는데, '가스파르'는 〈구멍〉에 등장하는 탈옥범 중 한 사람의 이름에서 따왔죠.

방금 말한 로베르 브레송은 제가 처음으로 영화를 만들기 시작한 무렵에는 상당히 감화받았던 감독입니다. 브레송이 쓴 《시네마토그래프에 대한 단상》이라는 책이 있는데, 거기에는 "배우는 빈집이다"라거나 "촬영된 연극에서 영화가 얼마나 멀리 떨어져 있어야 하는가"라는 말이 쓰여 있기도 했거든요. 아무래도 감화되고 마는 부분이 있어요. 한편에 장 르누아르가 있고, 다른 한편에 브레송이 있습니다. 프랑스 영화는 굉장히 폭이 넓구나 싶죠. 그래서 물론 브레송은 좋아하지만, 저의 데뷔작 〈환상의 빛〉을 찍던 무렵 가장 브레송에게 감화받았으니 지금은 되도록 그 이름을 말하지 않으려 해요.(웃음) 이제 그만 말해야겠다 싶어서요. 만약 브레송 작품 중 한 편을 꼽으라면, 아마도 〈돈〉일 텐데, 이걸 꼽으면 영화를 너무 아는 척하는 것 같아서 좀 그렇네요.(웃음)

저한테 프랑스 영화는 처음에는 〈태양은 가득히〉 같은 작품이었어요. 어머니와 함께 TV에서 해주는 것을 보며 "알랭 들롱 대단하네" "마지막 장면 굉장해" 하고는 했죠. 정말이지 그냥 줏대 없는 사람이에요.

〈태양은 가득히〉는 주인공이 점점 나락으로 빠져가는 느낌이 참을 수 없이 좋았어요. 부자 친구 행세를 하려고 그의 사인을 확대해 벽에 비춰서 따라 그리는 장면이나 자신이 죽인 친구의 이니셜이 새겨진 셔츠를 입었다가 친구 지인에게 "그 셔츠 어디서 났어?" 하며 추궁당하는 장면 등의 디테일은 왠지 선명하게 기억합니다. 알랭 들롱에게는 딱히 많이 끌리지 않았고, 오히려 제 누나가 좋아해서 푹 빠져 있었습니다. 꽃미남이니까요.(웃음) 저는 알랭 들롱의 작품이라면 장 가뱅과 함께 출연한 〈지하실의 멜로디〉도 좋아했습니다. 장 가뱅은 어머니가 좋아했죠. 〈망향〉이라든지요.

어머니는 프랑스 영화를 좋아했습니다. 그래서 TV로 자주 함께 봤죠. 〈무도회의 수첩〉이나 〈천국의 아이들〉 같은, 그 시대의 옛날 프랑스 영화를 NHK에서 종종 자막판으로 방영해줬거든요. 가장 처음 접한 프랑스 영화는 그쯤의 작품들이에요. 르네 클레르의 〈백만장자〉나 쥘리앵 뒤비비에의 〈파리의 하늘 아래〉 〈멋진 친구들〉 같은 영화죠. 정말로 고전입니다. 쥘리앵 뒤비비에는 외우기 어려운 이름이구나 생각했던 것이 기억에 선명해요. 이런 영화들은 이른바 누벨바그 작가들이 부정했던 한 세대 이전 감독들의 작품이죠.

대학생 시절 자주 봤던 건 에리크 로메르의 작품이에요.

〈녹색 광선〉을 개봉 때 보고, 그걸 계기로 거슬러 올라가 재개봉 때 〈클레르의 무릎〉을 봤죠. 그 뒤의 〈봄 이야기〉 같은 '사계절 이야기' 시리즈 정도까지는 실시간으로 쫓아갔습니다. 이렇게 경쾌한 영화를 찍고 싶다는 뜻에서 말하자면 역시 로메르가 압도적입니다. 참고로 이번 영화 〈파비안느에 관한 진실〉에서 파비안느의 비서 뤼크 역을 맡은 알랭 리볼트는 〈가을 이야기〉에도 나와요.

로메르의 영화 중 한 편 꼽으라고 하면 〈녹색 광선〉이죠. 개봉하고 좀 지난 무렵이었던 것 같은데, 미타카 오스카라는 영화관에서 봤습니다. 그때 산 팸플릿을 지금도 가지고 있는 것 같아요. 분명 로메르의 작품 세 개를 동시상영하는 프로그램이었는데, 가장 앞줄에서 작가 다치바나 다카시 씨가 보고 있었던 게 기억납니다.

행복해지고 싶은데 행복해질 수 없는 여자가 우연히 만난 남자와…… 라는 식으로 이야기가 펼쳐지는데, '영화에서는 이런 형태로 행복이 찾아올 수 있는 건가' 생각하게 되는 작품이죠. 정말 근사한 영화였어요. 유화도 데생도 아닌, 사락사락 그린 수채화 같은 느낌이 있습니다. 아마 엄청나게 적은 인원으로 찍었을 테고, 각본도 딱히 촘촘히 쓴 게 아니라 현장에서 썼을 거라는 느낌이 나서 좋지요.

누벨바그 감독이라면 프랑수아 트뤼포도 좋아합니다. 〈400번의 구타〉는 역시 대단해요. 아이를 찍은 걸작이죠. 다른 어떤 사람도 그렇게 찍을 수 없달까요. 그 시기의 트뤼포만 찍을 수 있는 영화입니다. 거의 자신의 분신이라고도 할 수 있는, 본인을 완전히 내맡길 수 있는 장피에르 레오라는 배우를 발견해 자전적 이야기를 찍었는데, 심지어 그 뒤로도 계속 영화를 함께 만들어나가죠. 그런 행운의 만남을 누린 흔치 않은 작품입니다. 영화감독이 평생 한 편 찍을 수 있을까 말까 한 종류의 영화라고 생각해요.

트뤼포의 작품 중에서는 〈이웃집 여인〉과 〈마지막 지하철〉도 좋아합니다. 〈이웃집 여인〉은 얼마 전 오랜만에 다시 보고 이렇게 멋진 영화였던가 싶어 놀랐어요. 개봉 당시 봤을 때는 별로 끌리지 않았지만 지금 보니 아주 좋았어요. 어른의 영화예요. 어찌할 수 없는 남녀의 어긋나는 감정, 막을 수 없는 느낌이 묘사되어 있어서 나루세 미키오와 조금 비슷하다고 느꼈습니다. 트뤼포의 후기 작품은 사실 그다지 좋아하지 않았지만, 〈이웃집 여인〉을 보고 역시 제대로 다시 보는 편이 좋다는 생각을 했습니다.

〈마지막 지하철〉에는 극중극 구조가 있습니다. 극장을 무대로 펼쳐지는 이야기이기도 해서 〈파비안느에 관한 진실〉

을 만들 때 참고한 작품 중 하나죠. 스토리라인이 아주 재밌어요. 드뇌브가 훌륭하고요. 상대역인 제라르 드파르디유도 좋습니다. 트뤼포의 특출한 장점이 드러나 있는 느낌이에요. 원숙미죠. 트뤼포와는 아마도 친구가 되지 못했겠지만 (웃음) 트뤼포가 찍은 영화는 꽤 좋아합니다.

트뤼포의 영화는 세 편이나 꼽았는데 고다르의 영화는 한 편도 못 고르겠네요.(웃음) 물론 〈네 멋대로 해라〉 같은 영화는 재밌고 이해도 되지만, 어떤 작품을 꼽아보라고 하면 말이 안 나오는 게 솔직한 심정입니다. 솔직히 잘 모르겠어요. 콤플렉스예요.

저와 동세대 감독이라면 레오스 카락스가 역시 충격적이었죠. 한 편을 꼽으라면 〈나쁜 피〉입니다. 선명하고 강렬했어요. 비노슈도 사랑스러웠고요. 개봉 당시 저는 갓 취직한 즈음이었어요. 저보다 두 살 많은 카락스는 스물여섯 살에 이 작품을 찍었는데, '어마어마한 사람이 나왔구나' 하고 놀랐습니다. 세상에 나오자마자 천재였죠. 게다가 풍성한 영화의 기억으로 가득한, 너무나도 시네필스러운 작품이라서 이런 건 난 못하겠다 싶었어요. 일개 영화 팬으로서 완전히 동경의 눈으로 봤답니다.

아르노 데스플레생도 저보다 두 살 위니까 거의 같은 세대예요. 〈죽은 자들의 삶〉이라는 단편을 아주 좋아합니다. 지금은 없는 죽은 사람을 둘러싼 이야기인데, 솔직히 말해 데스플레생은 모티프가 저와 아주 비슷한 면이 있는 것 같아 의형 같은 친근감을 느낍니다. 물론 그가 압도적으로 시네필이지만요.

〈크리스마스 이야기〉도 무척 좋아해요. 어느 부부가 백혈병에 걸린 큰아들에게 골수이식을 해주기 위해 둘째 아들을 가집니다. 하지만 결국 큰아들이 죽어서 둘째 아들은 태어난 의미가 없어지죠. 그러나 그 둘째 아들은 살아 있다, 그런 잔혹함이 몹시 좋았습니다. 모티프가 일단 훌륭해요. 그 뒤의 이야기는 실은 직선적이 아니어서 다양한 에피소드가 단편적으로 겹쳐지며 클라이맥스인 크리스마스를 맞이할 때까지 평행하게 묘사됩니다. 그런 구성력이 대단히 뛰어나기에 그의 작품이 언제나 그렇듯 두 시간 반인데도 길게 느껴지지 않아요.

같은 세대라면 올리비에 아사야스의 〈여름의 조각들〉도 좋아합니다. 〈파비안느에 관한 진실〉에서도 촬영을 맡았던 촬영감독 에리크 고티에의 솜씨가 훌륭하죠. 집 안에서 카메라를 움직이며 찍을 때, 카메라용 레일을 깔고 찍는 게 아니라 이동차라는 타이어가 달린 손수레에 카메라를 싣고 그것을 자유롭게 움직이면서 찍거든요. 〈파비안느에 관한 진실〉을 준비하며 다시 봤을 때, 이번에 한다면 이 촬영 방식이 가장 적합하리라 생각했습니다.

프랑스 영화가 일본 영화와 가장 다른 점은 집 안에서 사람이 바닥에 앉지 않으니 기본적으로 움직임이 훨씬 격렬하다는 것입니다. 그 움직임에 맞춰 카메라도 얼마든지 움직이는 것이 지금의 고티에 스타일이에요. 하지만 별로 덜컥거리는 느낌도 안 들고, 사람의 움직임에 잘 맞춰서 카메라가 움직입니다. 그 점이 〈여름의 조각들〉에 정말로 잘 나타나 있어요. 〈여름의 조각들〉도 〈파비안느에 관한 진실〉과 마찬가지로 한 집 안에서 스토리가 펼쳐지는데, 그 집으로 자식들이 돌아온다는 점도 비슷합니다. 무성한 나무들도 아주 아름답게 찍혀서 좋아하는 영화예요. 비노슈가 맡은 캐릭터가 미국에서 돌아왔다는 설정이라 그것도 〈파비안느에 관한 진실〉과 비슷하지만, 헤어스타일과 옷차림이 미국에서 돌아왔다는 점을 너무 강조해 그 부분은 조금 지나치지 않았나 합니다.(웃음)

또 〈파비안느에 관한 진실〉과 관련된 이름을 들자면 클로드 샤브롤. 샤브롤도 그 이름을 말하면 이른바 시네필로 여겨지기 쉬워서 평소에는 언급하지 않는 사람 중 하나입니다. 〈도살자〉처럼 근사하면서도 아주 히치콕스러운 영화가 많은 가운데 이번에 다시 보고 재밌었던 건 〈여자 이야기〉입니다. 전쟁 중에 불법 낙태 수술을 하는 여자 이야기인데, 그 역할을 맡은 이자벨 위페르의 연기가 훌륭해요. 위페르와 샤브롤의 호흡이 찰떡이어서 샤브롤이 뭘 바라는지 위페르가 아주 잘 알죠. 감독과 배우 사이에 일체감이 있어요.

〈파비안느에 관한 진실〉에는 파비안느가 라이벌 배우 사라로부터 역할을 빼앗아 두 번째 세자르상을 받은 영화가 나옵니다. 〈언젠가〉라는 제목을 붙였는데, 그 이미지의 토대가 된 것이 〈여자 이야기〉예요. 또 샤브롤의 작품은 기본적으로 전부 액션 영화라고 생각해요. 그래서 배울 점이 많습니다.

마지막으로 고전입니다만, 영화로서의 의미 그 이상으로 강렬하게 기억에 남아 있는 작품이 쥘리앵 뒤비비에의 〈하루의 끝〉입니다. 은퇴한 배우들이 모여 있는 양로원 이야기예요. 한 번도 무대에 선 적이 없는, 대역밖에 맡은 적 없는 남자도 있고, 플레이보이라서 염문을 자자하게 퍼뜨린 끝에 그곳에 이른 미남 배우도 있어요. 그 배우와 한때 연인 사이여서 아직도 좋아하지만 그의 기억에서는 잊힌 할머니도 있고요. 이 작품도 이번에 〈파비안느에 관한 진실〉을 찍으면서 다시 봤는데, 전혀 다른 이야기지만 만드는 내내 머리 한구석에 있었습니다. 이것도 처음에는 어머니와 함께 봤어요. 이렇게 기억을 더듬어보면 의외로 어머니와 본 영화가 기억에 짙게 남아 있네요.

(2019년)

고레에다 히로카즈×정성일

“영화를 하고 있기에 정말 다행이라고 생각합니다”

고레에다 히로카즈 감독과 정성일 평론가의 대화는 2021년 6월 18일 경복궁 근처 어느 한옥 카페에서 진행되었다. 고레에다 감독은 영화 〈브로커〉 막바지 촬영 중이었음에도 기꺼이 시간을 내어주었고, 정성일 평론가의 질문에 마음을 다해 답변해주었다. 그날 오전에 비가 내렸고, 두 사람이 약 네 시간 동안 이야기를 나누고 헤어질 때는 말끔히 개었다. —편집자

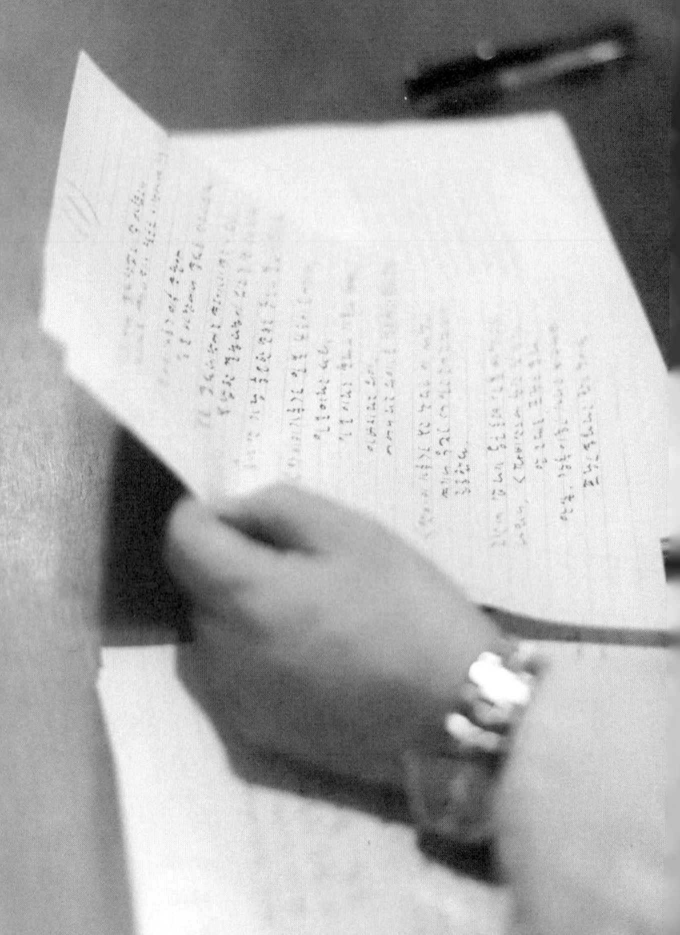

글 정성일 통역 연지미 사진 류한경 기록 나희영

고레에다 히로카즈의 영화를 처음부터 따라가기는 했지만 (내 경우에는) 첫 영화 〈환상의 빛〉에서부터 열심히 본 것은 아니다. 두 번째 영화 〈원더풀 라이프〉도 무심히 보았다. 심지어 〈아무도 모른다〉를 보았을 때 훌륭하다는 생각을 했지만 인상적인 장면은 거의 남지 않았다. 그의 세 번째 영화 〈디스턴스〉는 그 후 한참 뒤에 보게 되었다. 그때 일본 영화의 중심에는 기타노 다케시가 있었다. 그다음으로는 하스미 시게히코의 제자들, 구로사와 기요시, 아오야마 신지, 수오 마사유키가 있었다. 말하자면 소마이 신지의 다음 세대. 이상하게 다들 외면했지만 나는 변방에서 작업하고 있는 가와세 나오미에게 관심이 있었다. 8밀리에서 시작한 이시이 소고. 그리고 쓰카모토 신야. 그저 떠오르는 대로 가자마 시오리, 데루오카 소조, 고바야시 히데히코, 고나키 지아키, 제제 다카히사, 오구노 요이지, 니시야마 요이치, 야마다 이사오, 와타나베 다카요시. 그때 많은 이름이 있었다.

내가 고레에다 히로카즈에게 멈춰 선 것은 여섯 번째 영화 〈걸어도 걸어도〉를 보았을 때였다. 이 사람의 영화에서 무언가 결정적으로 놓친 것이 있다는 것을 깨달았다. 내가 보지 못한 것이 무엇일까. 비로소 고레에다 히로카즈가 텔레비전 다큐멘터리에서 시작했다는 사실을 알게 되었다. 나는 이 표현을 어떤 선입견 없이 사용하는 중이다. 영화와 세상이 만나는 방법과 텔레비전 사이에 놓인 차이. 사실은 어디에나 있지만 진실이 어디에 있느냐, 라는 질문은 까다로운 대답을 요구한다. 고레에다 히로카즈는 문제에 다가간 다음 그 문제의 삶 안을 중계하듯이 진행해나갔다.

그가 드라마를 필요로 하는 것은 그 중계의 과정에서 진실이 어디에 자리 잡고 있는지를 탐색하는 과정이다. 증인으로서의 등장인물. 그 인물들은 결국 이렇게 말한다. 나는 그 문제에 관여하고 있습니다. 고레에다 영화의 등장인물들은 이야기가 진행되다가 마치 증인처럼 카메라 앞에 서서 증언하는 것만 같은 순간과 마주하게 된다. 그때 고레에다는 자신의 영화에 불려나온 증인으로서의 등장인물이 진실을 말하는가, 에 관심이 있는 것이 아니다. 거기서 고레에다는 더 밀고 나아갔다. 등장인물은 처음에는 그런 말을 할 생각이 없었다. 그러나 그 말을 하게 될 때, 그 순간과 마주하게 될 때, 그 등장인물은 드라마처럼 보이는 증언의 과정 안에서 한 인간으로서의 성숙, 그 말이 너무 크게 들린다면 미처 자신이 알지 못했던 책임에 대한 이해에 이르는 성숙을 경험하게 된다.

여기에는 어떤 도약이 있다. 약간 도식적으로 설명하는 것을 양해해주기 바란다. 그렇게 하지 않으면 고레에다의 모든 영화를 펼쳐놓은 다음 하나씩 다시 설명해야 하기 때문이다. 당신은 얼른 고레에다 히로카즈의 대답을 읽고 싶을 것이다. 그러므로 단순하게 말하겠다. 등장인물들은 어떤 교착상태로 빠져든다. 그들은 빠져나오기 위해 애를 쓰지만 거기서 빠져나오는 것은 거의 불가능해 보인다. 그때 갑자기 이 인물들은 그것에 대해 자신의 상황을 인정하고 받아들인다. 그것은 포기가 아니다. 거기서 자신에게 주어진 시련이 하나의 선물과도 같은 것이었음을 문득 깨달은 것이다. 그가 그걸 깨달았다고 해서 객관적으로 변하는 것은 아무것도 없다. 그 변화는 오로지 그의 내면 안에서 일어나는 깨달음인 것이다.

가장 분명한 예. 고레에다의 영화에서 가장 마음을 움직이는 장면으로 〈어느 가족〉에서 노부요(안도 사쿠라)가 취조당하는 순간을 모두들 말한다. 그런데 거기서 안도 사쿠라의 연기만을 이야기할 뿐 그 장면에서 무엇이 마음을 움직이는지는 말하지 않는다. 노부요는 자신이 어린 유리와 소년 쇼타를 유괴한 것이 아니라고 반박한다. 그러면서 "낳으면 다 엄마입니까"라고 반문한다. 그러자 취조하던 형사가 "그러면 두 아이는 당신을 무엇이라고 불렀습니까"라고 물어본다. 문득 단 한 번도 두 아이가 자신을 '엄마'라고 부른 적이 없다는 사실을 깨닫는다. 여기서 방점은 이 장면에 있는 것이 아니다. 감옥에 들어간 노부요를 그녀와 동거하는 남자 오사무(릴리 프랭키)와 쇼타가 면회를 온다. 그때 노부요는 명랑한 얼굴로 쇼타에게 부모에게 돌아가고 싶냐고 물어본 다음 오사무에게 "우리(가 키우기에)는 무리야"라고 말하고 면회 시간이 끝나지도 않았는데 돌아서서 감옥으로 돌아간다. 여기서 노부요는 비로소 엄마가 된 것이다. 그녀는 쇼타가 자신들과 같이 살아가서는 안 된다고 결단을 내린 것이다. 엄마의 마음. 그렇게 되면 쇼타는 결국 어른이 되어서 자신들과 같은 좀도둑이 될 것이다. 그건 부모가 아니다. 노부요는 자신의 포기를 통해서 자신이 비로소 엄마의 자리에 가는 선물을 받은 것이다.

고레에다 히로카즈는 계속해서 마치 텔레비전처럼 일본 사회의 문제 안으로 들어갔다. 문제의 중계. 그리고 안에서 멈추지 않고 더 들어갔다. 그때마다 고레에다의 주인공들은 매번의 상황과 마주해야만 했다. 그리고 매번의 상황에서 그 문제를 풀어내는 대신(그런데 그걸 풀어내는 것은 영화의 역할이 아니다) 그 문제가 감추어두었던 진실과 마주하는 과정을 통해서 배움을 끌어낸다. 물론 그것은 고통스러운 과정이다. 이때 이 과정은 항상 희생을 요구한다. 어떤 희생? 자기 자신을 포기하는 희생. 그렇게 해야만 이 진실이 요구하는 진정한 자리가 질문하는 사랑에 대해서 대답할 자격이 생긴다는 것을 알게 된다. 그 자리를 결국 얻지 못해도 할 수 없다. 그리고 때로 그것은 미루어둔 채 그냥 끝나기도 한다. 하지만 적어도 사랑에 대해서 대답할 자격이 생긴다는 것은 굉장한 선물이다. 나는 그 도약의 순간을 영화에서 보여주는 방법이 늘 궁금했다. 이 질문을 안고 고레에다 히로카즈는 만났다. 차라리 선물을 받고 싶었다는 것이 솔직한 내 심정이다.

정성일 그동안 감독님 영화를 보면서 궁금했던 것도 많고,

오늘 대답을 들을 수 있게 되어서 진심으로 감사하게 생각합니다. 영화를 찍고 있는 동안에 인터뷰 요청을 드린다는 것이 결례라는 것을 제가 잘 알고 있는데, 그럼에도 불구하고 이렇게 시간을 내주셔서 정말 감사하게 생각합니다. 먼저 출판사에서 질문을 드리겠습니다.

편집자 이번 책은 일본에서 출판된 책이 아니라 한국 출판사에서 이런 책을 내보면 어떻겠냐고 제안을 드려서 진행하게 되었는데, 먼저 출판 제안에 흔쾌히 응해주셔서 정말 감사했습니다. 그 제안을 받으셨을 때 어떤 생각이 드셨는지, 어떻게 결정을 내리게 되셨는지 궁금합니다.

고레에다 우선 《영화를 찍으며 생각한 것》은 이번 현장에서 만난 스태프나 배우 중에 의외로 읽으신 분들이 많더라고요. 저는 그분들과 처음 작업하는 거지만 제 영화에 대해 이 책을 통해 상당한 이해를 해주고 계셔서 도움이 많이 됐던 거 같습니다. 먼저 감사하다고 말씀드리고 싶습니다.

이번에 출판하게 되는 책은 영화와는 조금 상관없는 글이 많은 편이긴 하지만, 제 자신에 대한 이해를 돕는 데는 도움이 되지 않을까, 재미있지 않을까 하는 생각을 했습니다.

편집자 독자들이 감독님의 글을 영화만큼이나 좋아하는 거 같아요. 독자 리뷰를 보면, 감독님의 글과 영화와 감독님 자신이 모두 연결되어 있다는 것을 책을 통해 느끼고 있는 것 같습니다.

정성일 첨언하자면 제가 영화학교에서 연출 과정을 가르치고 있는데, 학생들에게도 이 책을 읽게 하고 또 추천합니다. 연출과 학생들이 많은 구절에서 용기를 얻는다, 혹은 어떤 난관에 부딪혔을 때 거장 감독도 나와 똑같은 고민을 하고 있구나, 라면서 응원을 받는 느낌이라는 이야기를 하곤 해서 이 책에 대해 감사하게 생각합니다.

고레에다 (웃음) 다행이네요. 감사합니다.

정성일 자, 이제 첫 질문을 하겠습니다. 한국에서 영화 작업을 하셨으니까 아무래도 여기서부터 질문을 시작할 수밖에 없을 것 같습니다. 〈어느 가족〉 이후 연달아서 일본 바깥에서 영화를 만들고 계십니다. 영화 제작에는 여러 가지 변수가 있고 복잡한 결정 과정이 있기 때문에 감독 혼자 결정하는 것은 물론 아니지만, 그러나 가장 중요한 변수는 감독 자신의 결심일 것입니다. 한 사람의 비평가로서 〈어느 가족〉을 보면서 제가 받은 느낌은, 이 영화는 일본 깊숙이 들어가서 일본이라는 사회, 말하자면 현재 일본의 가족 관계 속으로 밀고 들어가서 아버지라는 의미, 어머니라는 의미를 질문하는 영화였습니다. 그런 의미에서 〈그렇게 아버지가 된다〉보다 더 밀고 들어간 영화, 어쩌면 두 영화는 그런 의미에서 이어지는 영화이기도 했습니다. 그런데 〈어느 가족〉은 어느 한계를 넘어서서 들어가버렸다고 할까요. 〈어느 가족〉은 아주 훌륭한 영화이지만 여기까지 밀고 들어가면 그 다음 이 감독은 어떻게 더 밀고 들어갈 것인가, 어디로 더 밀고 들어갈 것인가, 무엇을 더 밀고 들어갈 것인가 궁금해집니다. 그런 의미에서 다음 영화가 궁금했습니다. 그런데 갑자기 방향을 돌려서 일본 바깥으로 나와 프랑스에서 프랑스 배우들과 〈파비안느에 관한 진실〉을 찍었습니다. 말 그대로 프랑스 영화. 만일 이 영화에서 감독 이름만 지우고 미처 모르고 보았다면 그냥 프랑스 영화라고 생각했을지도 모르겠습니다. 처음에는 〈어느 가족〉을 찍은 다음에 이것은 일종의 휴식인가, 혹은 일단 빠져나와 거리를 두고 바라본 다음에 다시 일본 사회 안으로 돌아가기 위해 시간이 필요한 것일까, 라고 멋대로 생각했습니다. 그런데 그 뒤를 이어서 한국에서 영화를 만들고 있습니다. 아직 〈브로커〉라는 영화의 시나리오를 보지 못한 상태에서 하는 질문입니다. 지금 감독님이 일본 바깥에서 영화 작업을 이어간다는 것은 창작 과정에서 어떤 의미를 갖는 것입니까?

고레에다 사실 영화 제작이라는 게 말씀해주셨듯이 수많은 변수들이 존재하기 때문에 감독의 의지만으로 성립이 되는 것은 아닙니다. 특히 기획의 성립 과정이나 순서라는 게 뜻대로 되지는 않죠. 그래서 언제나 시간이 지나고 나서야 '이때 이 영화가 태어날 수밖에 없었구나'라는 것을 알게 됩니다. 되돌아보면서 느끼는 거죠. 성립 과정에 대한 이유는 시간이 지나면 찾을 수 있을지 모르지만, 솔직히 말씀드리면 우연의 산물이라고도 할 수 있습니다.

실은 〈파비안느에 관한 진실〉 다음에 일본에서 작품을 찍을 예정이었어요. 그런데 코로나 상황이 닥치면서 기획이 중단되었고, 결과적으로 해외에서 연이어 작품을 찍게 된 겁니다. 〈브로커〉라는 작품도 기획의 출발은 2015년이었어요. 그로부터 지금 6년이 지난 셈인데, 어쩌면 조금 더 일찍 찍었을 가능성도 있었지만, 지금이 아니었다면 이러한 캐스팅으로 영화를 찍지 못했을 수도 있고…… 지금은 알 수 없

지만, 이 시점에 이 영화를 찍고 있는 필연성이 아마 있을 겁니다.

저는 제 커리어를 직선적으로는 생각하고 있지 않아요. 앞으로 나아간다는 식의 '직선'으로는 인식하고 있지 않습니다. 그리고 언어가 통하지 않는 나라에서 찍는다는 게 역시 휴식은 될 순 없는 거 같아요.(웃음) 매우 신선하고 자극적인 체험이라고 할 수 있죠. 반대로 일본에서 찍는다고 해서 어려움이 없는가 하면 그건 또 결코 아닙니다. 또 다른 어려움이 있어요. 그렇게 봤을 때, 한국도 프랑스도 상당히 순조롭게 영화를 찍을 수 있었던 거 같습니다. 지금까지는요.

정성일 한국 영화에 관한 인상이랄까, 이 책에는 프랑스 영화에 대한 경험을 길게 설명해주고 있는 따뜻한 글이 있습니다. 그런 맥락으로 한국 영화의 경험에 대해 질문하고 싶습니다. 여러 자리에서 여러 차례 이창동 감독에 대한 존경을 표했습니다. 아마도 한국 영화에 관심을 가지고 한국에서 영화를 찍어보고 싶다고 생각하게 된 계기 중 하나가, 말하자면 내가 좋아하는 영화를 만든 이 사람이 영화를 만드는 나라에서 이 나라의 배우들, 이 나라의 스태프들과 영화를 한번 만들어보고 싶다는 생각이 있었던 게 아니었을까,

라고 낭만적으로 생각해보았습니다.

제 질문은, 이 질문을 몇 가지로 나눠서 해보고 싶은데, 감독님에게 '한국 영화' 하면 어떤 것이 먼저 떠오릅니까, 혹은 한국 영화란 어떤 것인지요? 이를테면 "당신에게 일본 영화" 하고 질문받으면 저한테 가장 먼저 떠오르는 건 어쩔 수 없이 오즈 야스지로, 나루세 미키오, 시미즈 히로시, 혹은 "제 마음속 일본 영화"라면 야마나카 사다오 감독의 〈인정 종이풍선〉, 이런 식으로 마치 조건반사적으로 떠오르는 이름들, 일본 영화들이 있습니다. 그런 식으로 감독님께 한국 영화 하면 어떤 명단들이 떠오르는지 궁금합니다.

고레에다 아…… 불과 몇 편의 작품만으로 한국 영화 전체를 떠올린다는 게 어려운 거 같은데요. (잠시 생각) 우선 이창동은 정말 강렬했습니다. 〈박하사탕〉 그리고 〈오아시스〉를 거의 같은 시기에 만났습니다. 제가 데뷔한 게 95년인데 제 데뷔작을 배급했던 곳이 시네콰논이라는 회사였습니다. 시네콰논은 90년대에 일본 내에서 한국 영화 붐을 이끌었던, 불을 붙였던 배급사이기도 합니다. 그 시기에 시네콰논의 초청으로 일본을 방문했던 홍상수 감독님, 허진호 감독님을 처음 뵙고 이야기 나눌 기회가 있었습니다. 그분들이 마침

저와 비슷한 세대였고, 동세대 감독들과의 만남이 시작되었어요. 그때 〈돼지가 우물에 빠진 날〉을 봤고, 〈8월의 크리스마스〉도 봤어요. 그 이전에 〈서편제〉를 시네콰논에서 배급했기 때문에 〈서편제〉와의 만남도 한국 영화와의 첫 만남으로 꼽을 수 있지만, 어쨌든 동세대 작가들과의 만남은 그때가 처음이었습니다. 그러고 나서 이창동 감독님 작품을 알게 됐고, 그것들이 저에겐 최초의 한국 영화로 자리 잡고 있습니다.

정성일 이창동 감독의 영화를 특별히 훌륭하다고 생각하시는 지점은 어디인지요? 그리고 그중에서도 〈밀양〉이 훌륭하다고 말하셨는데 〈밀양〉의 무엇이 감독님의 마음을 움직였는지요? '한 사람의 감독으로서 나는 이창동 감독의 이 점들이 특별하게 내 마음을 움직였다'는 이야기를 듣고 싶습니다.

고레에다 (잠시 생각) 〈밀양〉이라는 작품은 정말 잔인한 영화라고 생각합니다. 인간의 잔인함에 대해 그리는 영화예요. 그 주인공에게 찾아오는 비극은 언제든 우리에게도 일어날 수 있습니다. 하지만 이 영화에서 묘사되는 잔인함은 그냥 단순히 아이를 잃은 슬픔에서 오는 것이 아니었어요. 이 영화가 정말 무시무시하다고 느꼈던 건 아이를 살해당한 엄마가 몸부림치면서 구원을 찾아 헤매다가 그 끝에서 맞닥뜨리게 되는 장면에서였습니다. 주인공이 자신의 아이를 유괴하고 살해한 범인을 용서하려고 형무소에 가잖아요. 거기서 범인로부터 이미 자신은 신으로부터 용서를 받았다는 얘기를 듣게 되죠. 이토록 끔찍한 잔인함이 또 있을까 싶었습니다. 마침내 주인공이 도달한 곳, 감당하기 힘든 경험들을 승화하기 위해 지푸라기라도 잡고 싶은 심정으로 찾아가게 된 곳에서, 그게 신인데…… 그 신에게서조차 배신을 당하는 거잖아요. 그즈음부터 정말 잔인한 감독이구나, 라는 생각이 들었습니다. 그만큼 인간에 대한 통찰이 깊은 거겠죠. 이 영화 속 배우들의 연기는 압도적으로 훌륭하지만, 그에 더해 감독이 내미는 질문들, 신이란 무엇인가, 인간과 구원에 대한 감독의 철학적인 사고들이 일관되게 작품 전체를 뚫고 가고 있어요. 끝까지 그 질문을 밀고 나간다는 점에서 이 작품이 실로 깊고 날카롭다고 느꼈습니다.

사실은 〈밀양〉의 그 훌륭함, 대단함에 대해 얼마 전 송강호 씨와 개인적으로 이야기 나누면서 직접 전할 기회가 있었어요. 무엇이 이 영화의 대단함인가 했을 때, 영화에서 송강호 씨는 속물로서 철저히 가볍게 표현되고 있습니다. 그것이 영화가 짊어지고 있는 무게나 철학적인 질문을 무겁지 않게 우리에게 전해주는 역할을 하고 있어요. 뿐만 아니라 이 영화를 보면 송강호 씨가 맡은 인물이 주인공 여자를 따라다니고 그 주변을 얼씬대고, "당신은 그 여자의 타입이 아니"라는 얘기를 들으면서까지도 끝까지 그 여자 곁에 머물게 되잖아요. 그러다가 범인의 딸아이가 학교를 그만두고 다니는 미용실에 여자 주인공을 데려가고요. 여자는 거기서 도망가려고 하는데, 그때 송강호 씨가 했던 일련의 행동들에서 어떤 신의 손길 같은 것을 느끼게 됩니다. 그저 속물적이고 가볍게 보였던 그의 행동들이 결과적으로 여자를 구원으로 이끄는 모습을 봤을 때, 이 '밀양Secret Sunshine'이라는 제목 그 자체를 구현하고 있는 인물이 바로 송강호 씨의 역할이었구나, 라고 느끼게 되었어요. 어떻게 보면 사람이 살면서 놓치기 쉬운, 깨닫지 못하는 소중한 것이, 하찮게 여겼던 대상 속에서 불현듯 나타날 수 있다는 가치관이나 세계관이나 인생관을 제시하고 있다는 것에 감탄하지 않을 수 없었습니다.

정성일 송강호 이름이 나왔으니 연이어 질문하는 것이기도 한데(〈브로커〉의 주연 중 한 명이 송강호다), 무슨 영화를 보고 나서 이 배우와 함께 작업해보고 싶다는 생각을 하게 되었는지요?

고레에다 사실 송강호 씨를 부산영화제 때 엘리베이터에서 처음 만났습니다. 마침 영화제 기간 중 어느 인터뷰에서 한국 영화를 찍게 된다면 어떤 배우와 함께하고 싶으냐는 질문을 받게 돼서 그때 송강호 씨라고 대답했어요. 그러고 나서 엘리베이터에서 송강호 씨를 만나는 게 되는, 그런 극적인 귀한 체험을 했습니다.(웃음) 가물가물하지만 2007년이었던 것 같아요. 엘리베이터를 타려고 기다리고 있는데 문이 열리고 거기서 송강호 씨가 나타났습니다.(웃음) 운명이다 싶었죠. 그때만 해도 제 머릿속에는 〈살인의 추억〉의 송강호 씨가 강렬하게 남아 있었어요. 뭔가 흙냄새 나는, 촌스럽기도 하고 도회적이지 않은, 야성적인. 그런데 엘리베이터 문이 열리면서 나타난 송강호 씨는 너무 스마트하고 스타일도 좋으시고 날렵하고 세련된…… 영화 이미지와 많이 달랐습니다.(웃음)

〈살인의 추억〉이 일본 개봉 당시 일본 영화계에 안겼던 충격은 어마어마했습니다. 개봉 전에 이미 엄청난 영화가 있

다는 얘길 듣고 시네콰논 시사실에서 저는 먼저 보게 되었는데, 어떻게 이런 영화가 나올 수 있나 감탄했고, 영화 관계자들 모두 충격을 받았습니다. 심지어 〈살인의 추억〉을 찍었을 때 봉준호 감독이 30대였잖아요. 이건 도저히 당해낼 수가 없다, 이런 대작이면서 엔터테인먼트와 사회성을 겸비한 영화는 구로사와 아키라 이후 처음 아닌가 싶은 충격, 일본 영화계에 크나큰 충격을 줬습니다. 〈플란다스의 개〉로 봉준호라는 이름을 알고 있는 영화 관계자들은 있었지만, 〈살인의 추억〉으로 인해서 일본 영화는 완전히 추월당했다는 위기감과 정말 한국 영화가 엄청나다는 것을 적지 않은 사람들이 느꼈을 겁니다. 제가 아까 이창동 감독님 이야기만 계속했는데 봉준호 감독님 얘기를 안 할 순 없네요.

정성일 감독님의 영화 안으로 돌아오겠습니다. 제가 신기하게 느끼는 것 중 하나는 영화를 따라가다 보면 배우들과는 하나의 팀처럼 작업하는데, 그래서 그 배우들을 반복해서 보게 되는데, 일정한 간격을 두고 촬영감독은 바꿔나가고 있었습니다. 대부분의 감독은 그 반대입니다. 촬영감독과 팀을 이루고 영화마다 새로운 인물에 맞는 새로운 배우들을 캐스팅합니다. 이 문제에 대해서 여러 차례 생각을 해보았습니다. 그것은 혹시 매너리즘에 빠지지 않기 위한 하나의 방어선 같은 게 아닐까 하는 생각이 들었습니다. 왜냐하면 감독에게 새로운 촬영감독은 영화에서 새로운 시선을 얻는다는 것이기도 하지 않습니까.

그런데 단지 여기서 멈추지 않는구나, 하는 생각이 들었던 건 일본 바깥에 나가서 영화를 찍으면서 낯선 언어, 낯선 시스템에서 작업할 때 일본 촬영감독을 데려가는 게 훨씬 편했을 텐데, 배우들은 어쩔 수 없다 할지라도, 그 나라에 갔을 때 그 나라 촬영감독을 선택하는 것이었습니다. 〈파비안느에 관한 진실〉을 찍었을 때 에리크 고티에라는 촬영감독, 지금 한국에서 〈브로커〉를 찍을 때 홍경표라는 촬영감독.

제 질문은 두 가지입니다. 하나는 감독님에게 촬영감독이란 어떤 존재입니까? 단지 기능적인 문제로서가 아니라 영화 작업 안에서 어떤 자리를 차지하는지요? 다른 하나는 그 나라에 가면 그 나라의 촬영감독과 촬영하는 게 원칙입니까? 그래서 그 환경, 그 풍경, 그 빛, 그 장소에서 살아본 사람에게 카메라를 맡긴다는 원칙 같은 것이 있습니까? 프랑스어나 한국어가 모국어가 아닌 상황에서, 혹은 그 나라의 언어가 편하지 않은 상태에서 촬영감독에게 디테일을 설명하는 데 아무래도, 아무리 옆에 통역이 있어도, 문화적 차이가 주는 한계가 있을 텐데, 말하자면 그런 선택을 하는 이유가 무엇인지 궁금합니다.

고레에다 (잠시 생각) 〈디스턴스〉 이후로 〈진짜로 일어날지도 몰라 기적〉까지, 그 사이에 마크 리핑빙과 찍은 〈공기인형〉을 빼면 저는 다큐멘터리 감독 출신의 야마자키 유타카 촬영감독과 함께했습니다. 그것은 당시에 제가 찍고 싶었던 것과 야마자키 유타카의 스타일이 일치했기에 작업을 죽 이어갔던 것 같습니다.

야마자키 촬영감독과의 공동 작업은 저의 원점이라고 할

수 있습니다만, 〈진짜로 일어날지도 몰라 기적〉 이후에 제 안에서 조금의 변화가 있었습니다. 좀 더 픽션적인 이야기, 서사가 있는 이야기로 의식의 흐름이 바뀌었던 시기였어요. 그래서 야마자키 촬영감독과 그만하게 되었고, 솔직히 말씀드리자면 매너리즘을 피하는 방법이기도 했을 것이고요. 그런 측면이 분명히 있을 것입니다. 그런데 그 매너리즘을 피한다는 것은 촬영감독에 대해서가 아니라 어디까지나 제가 제 작품에 약간 싫증이 났기 때문입니다. 예를 들자면 다른 악기로 연주해보고 싶다, 또는 화가로 비유하자면 다른 물감으로 그림을 그려보고 싶다, 다른 터치를 찾고 싶다, 이런 맥락에서 의식의 변화가 있었던 것 같습니다.

언어의 문제는…… 촬영감독과의 소통은 언어가 가장 필요 없는 부분입니다. 그건 프랑스나 한국이나 마찬가지였고요. 제가 경험한 바로는 틀림없는 사실입니다. 서로의 방식에 대한 이해만 있으면 이렇게 이렇게(마치 촬영감독이 잡은 구도를 모니터로 확인한 다음 마음에 든다는 듯이 환한 표정을 지으면서 손가락으로 오케이 사인을 보여주면서) 다 통해요.(웃음)

정성일 감독님이 이창동 감독과 마찬가지로 여러 자리에서 좋아한다고 말씀하신 중국 영화감독 지아장커는 〈강호아녀〉라는 작품을 에리크 고티에와 찍었습니다. 지아장커는 촬영감독 유릭와이와 20년을 변함없이 함께 작업했습니다. 〈강호아녀〉에서 바꾼 까닭은 촬영감독 유릭와이가 다른 작품 연출을 준비하고 있었기 때문에 일정이 맞지 않았다고 합니다. 그래서 왜 에리크 고티에인가, 라고 질문하니 월터 살레스 감독의 〈모터사이클 다이어리〉에 자기가 원하는 촬영 장면이 있어서 선택했다는 대답을 들었습니다. 〈파비안느에 관한 진실〉을 찍으면서 에리크 고티에를 선택한 건 이 촬영감독의 어떤 영화들이 감독님을 끌어당겼기 때문인지요?

고레에다 에리크 고티에 감독님이 촬영한 〈크리스마스 스토리〉에는 카트린 드뇌브가 출연했고, 또 하나 좋았던 작품인 올리비에 아사야스 감독의 〈여름의 조각들〉에는 쥘리에트 비노슈가 주연을 맡고 있어요. 이 두 편의 영화가 너무 좋았습니다. 그런데 이 두 편 모두 집 안에서 벌어지는 이야기를 담은 영화죠. 〈파비안느에 관한 진실〉도 실내에서 벌어지는 이야기라서 조금 망설여지기도 했습니다. 누가 봐도 저 영화를 보고 같이하게 됐구나, 라고 생각할까 봐 처음에는 어떡하지 싶었습니다. 그런데 〈크리스마스 스토리〉는 겨울이 배경인 영화이고, 〈여름의 조각들〉은 여름이 배경인 영화이고, 〈파비안느에 관한 진실〉은 가을이 배경인 영화니까 괜찮지 않을까 하는 생각이 들었어요.

그리고 또 하나의 이유는 그분이 실내에서 촬영한 작품들을 봤을 때, 영화 전체를 실내에서 촬영하고 있음에도 불구하고 결코 카메라가 정체하고 있지 않았습니다. 정적이지 않았습니다. 인간을 아주 동적으로 파악하고 있다는 게 매력적으로 다가왔습니다. 저는 지아장커 감독님이 에리크 고티에와 함께한 작품을 보지 못한 상태였지만, 〈모터사이클 다이어리〉를 보고 고티에 감독이 해외 감독들과도 함께 작업한 경력이 있다는 것을 알고 있었기 때문에 함께하고 싶다고 말씀드렸습니다.

정성일 똑같은 방식으로 홍경표 촬영감독을 왜 선택하셨는지도 질문드리고 싶습니다.

고레에다 홍경표 촬영감독님이 엄청난 작품을 여럿 해오신 만큼 어려운데요, 역시 결정적인 작품들을 들자면 〈마더〉 〈곡성〉 〈버닝〉입니다. 봉준호, 나홍진, 이창동 이 세 명의 감독과 함께할 수 있다는 데서 상당히 폭이 넓은 촬영감독이라고 느꼈거든요. 각기 전혀 다른 스타일의 감독들과 함께 놀라운 경지의 촬영을 했기 때문에 정말 대단하다고 생각했습니다. 그리고 조금 더 자세히 말씀드리자면, 제가 봉준호 감독님께도 촬영감독으로 누구를 추천해줄 수 있냐고 물어봤을 때 맨 처음 홍경표 감독님을 추천해주셨습니다. 그것도 아주 컸습니다. 어느 작품을 보더라도 필름으로 찍고 있지 않음에도 불구하고 빛과 그림자를 필름의 감각으로 담아내고 있습니다.

정성일 아무래도 이야기가 이렇게 진행되었기 때문에 저는 〈공기인형〉 이야기를 하지 않을 수 없을 것 같습니다. 이 영화를 처음 봤을 때 저의 관심은 배두나가 아니라 촬영감독 이었던 마크 리핑빙이었습니다.(마크 리핑빙은 허우샤오시엔의 촬영감독으로 잘 알려져 있다.) 일본에서 영화를 찍으면서 대만 촬영감독인 마크 리핑빙을 데려왔습니다. 물론 리핑빙 촬영감독이 2005년에 일본에서 유키사다 이사오 감독의 〈봄의 눈〉을 찍었고, 또 허우샤오시엔 감독과 〈카페 뤼미에르〉를 도쿄에서 찍었다는 사실도 알고 있습니다. 저는 마크 리핑빙이 지금 세계에서 가장 영화를 잘 찍는 촬영감독 중 한 명이라고 생각합니다. 마크 리핑빙의 어떤 촬영을 보고 싶어서 데려왔는지 궁금합니다. 혹은 일본에서 찍은 〈공기인형〉은 외국인 촬영감독이 필요했고, 그 선택이 마크 리핑빙이었던 것입니까. 아니면 〈공기인형〉은 마크 리핑빙이 찍어야 하는 영화였던 것입니까.

고레에다 저도 리핑빙 촬영감독님이 전 세계에서 가장 뛰어난 촬영감독 중 한 분이라고 생각하고 있습니다. 그래서 어떤 작품이 되더라도 언젠가 꼭 이분과 작업하고 싶다는 생각은 있었습니다. 아마도 그 출발점은 허우샤오시엔 감독님의 〈연연풍진〉일 겁니다.

연령의 폭은 조금 있지만 같은 시기에 영화를 찍고 있는 감독님들 중에, 특히 영화제에서 만나 교류하게 되면서 제게 끊임없이 자극을 주는 작가들은 저보다 윗세대로는 이창동 감독님이 있고, 아래로는 지아장커 감독님이 있습니다. 이 두 분이 있기에 저도 부끄럽지 않은 영화를 만들고 싶다는 동기를 부여받게 되고, 이 두 감독님은 제게 무척 큰 존재입니다.

여기서 더 거슬러 올라가면 허우샤오시엔 감독님과의 만남을 빼놓을 수 없습니다. 허우샤오시엔 감독님의 영화를 보고 '역시 나는 영화를 찍고 싶구나' 그렇게 다시 한 번 다짐하게 되었던 만큼 너무나 큰, 저에게는 아버지와 같은 존재이고, 허우샤오시엔 감독님이라는 존재와 그분의 작품은 정말 특별합니다. 허우샤오시엔 감독님은 제가 영화를 찍을 때마다 항상 의논 상대가 되어주세요. 아마도 〈공기인형〉 때도 허우샤오시엔 감독님과 의논하면서 리핑빙 감독님 이야기가 나왔던 것 같습니다. 〈공기인형〉은 도쿄라는 도시와 거리를 인형의 눈을 빌려 새롭게 발견해가는 영화였습니다. 때문에 일본인이 아니라 외국인 촬영감독의 눈을 빌려서 인형의 눈을 거기에 겹쳐서 보여주자, 그러면 일상적인 도쿄의 모습이 아닌 새로운 각도의 눈으로 바라볼 수 있지 않을까 생각했습니다. 그렇다면 리핑빙 촬영감독님과 할 수 있는 필연성이 있겠구나 싶었습니다.

정성일 마침내 허우샤오시엔 감독님 이야기가 나왔습니다. 일단 먼저 제가 감독님과 마찬가지로 허우샤오시엔 감독님을 지금 지구상에서 영화를 만드는 가장 위대한 감독이라고 생각하는 비평가라는 점을 고백하고 싶습니다. 허우샤오시엔 감독님은 영화가 계속 바뀐 사람입니다. 말하자면 80년대의 영화들이 〈비정성시〉(1989)를 통과하면서 한 번 바뀌었고, 그리고 〈남국재견〉(1996)에서 완전히 다시 한 번 바뀌었습니다. 물론 전체를 놓고 보면 그 궤적을 충분히 쫓아갈 수 있는, 그리고 매번 점핑했다는 느낌을 주는 위대한 감독입니다. 이창동 감독을 설명해주셨던 것처럼 허우샤오시엔 감독님의 어떤 것이 감독님에게 절대적인 좌우명처럼, 말하자면 좌표를 만들어주신 건지 설명해주시면, 거꾸로 허우샤오시엔을 통해서 감독님의 영화를 좀 더 잘 이해할 수 있을 것 같습니다.

고레에다 (웃음 지으며 생각 중) 심플하게 말해서 저는 그냥 허우샤오시엔 감독님이 좋습니다. 인간적으로요. 그렇게 매력적인 사람은 없습니다. 같이 있으면 정말 즐거워요. 장난기

가 있고 유머러스하세요.

제가 감독으로 데뷔하기 전인 90년대 초반에 에드워드 양과 허우샤오시엔 감독님에 관한 한 시간짜리 방송 다큐멘터리를 찍기 위해 대만에 처음 갔었어요. 대만은 제 아버지가 태어난 곳이기도 하고 대만이라는 나라에 대한 관심과 애착 같은 게 있었습니다. 제가 대만 영화를 처음 만났던 것은 허우샤오시엔 감독님의 〈연연풍진〉 〈동년왕사〉였는데, 그 만남이 컸습니다.

앞서 말했던 '아버지 같다'는 표현은 정정하고 싶어요. 이 말이 좀 별로네요. 평론가님께서도 말씀주셨지만 허우샤오

시엔 감독님은 늘 새롭게 자신을 갱신해나가는 분이시잖아요. 같은 곳에 정체하지 않으시죠. 계속 새로운 것을 도전해나가고 그 자세를 견지한다는 것은 영화감독으로서 쉬운 일이 아닌데, 그분은 그렇게 해오셨어요. 평가받은 커리어를 가볍게 벗어던지고 새로운 것에 대한 시도를 꾸준히 해나갔다는 점을 가장 존경합니다.

작년 11월에 대만 금마장상에서 허우샤오시엔 감독님이 평생공로상 받으시면서 제가 시상식에 참석하게 되었습니다. 그다음 날 허우샤오시엔 감독님이 제가 〈연연풍진〉을 좋아하는 걸 아시니까 영화를 함께했던 스태프들과 같이

〈연연풍진〉의 로케이션 촬영 현장이었던 동네를 버스 투어 시켜주셨어요. 정말 행복한 시간이었습니다. 거기에는 물론 리핑빙 촬영감독님도 계셨고요. 저는 그냥 일개 팬이에요.(웃음) 그래서 냉정할 수 없습니다. 같이 있는 것만으로 너무 행복해요. 만나보시면 아시겠지만 정말 사랑스러운 아저씨예요.(그러면서 고레에다 히로카즈는 핸드폰을 꺼내서 우리에게 버스 투어 때 허우샤오시엔 감독, 리핑빙 촬영감독과 함께 찍은 사진을 보여주었다.)

93년에 다큐멘터리 찍으면서 허우샤오시엔 감독님을 만났을 때, 장래의 꿈 하나를 말씀해주셨어요. 아시아 영화인들이 국경을 넘어 연대하면서 영화를 만들어갈 수 있다면 좋겠다는 얘길 해주셨어요. 각각의 감독들이 각각의 나라에서, 예를 들어 홍콩, 중국, 대만, 일본, 한국 감독들이 다 같이 16밀리 필름으로, 꼭 같이 모여서 영화를 찍을 필요는 없지만 서로 연계하면서 영화를 만들어보고 싶다는 이야기를 그때 해주셨거든요. 그래서 이것이 실현된다면, 그리고 그때 네가 영화를 찍고 있다면, 내가 너에게 같이하자고 얘기를 하겠다고 말씀을 해주셔서, 그때 '나는 꼭 영화감독이 돼야겠다'는 생각을 했어요. 그때 허우샤오시엔 감독님이 말씀하셨던 형식이 그대로 실현된 건 아니지만, 아시아 감독

2020년 11월, 〈연연풍진〉 로케이션 촬영 현장을 버스 투어했던 모습. 왼쪽부터 허우샤오시엔, 고레에다 히로카즈, 마크 리핑빙.

고레에다 히로카즈와 허우샤오시엔.

들에게 정신적으로 많은 영향을 주셨고, 감독님의 존재로 인해 영화감독이 되고자 한 수많은 아시아 영화인들이 존재할 것이기 때문에, 그런 의미에선 허우샤오시엔 감독님이 했던 구상들이 그분의 존재를 통해 실현된 게 아닌가 하는 생각이 듭니다.

그때 다큐멘터리로 만났던 게 계기가 되어 그 후로 허우샤오시엔 감독님이 영화 후반 작업을 위해 도쿄에 자주 오셨어요. 그때마다 함께 식사를 하거나 감독님이 묵었던 숙소나 편집실에 제가 자주 놀러 갔습니다. 감독님이 자주 이용하셨던 곳이 조후에 있는 동양현상소였는데, 한번은 오라고 해서 갔더니 그 건물 입구에서 생선 냄새가 진동하는 거예요. 건물 전체에 생선 냄새가 꽉 찼더라고요. 왜 생선 냄새가 나지 싶었는데 감독님 방에서 조감독이 그릴망에 생선을 굽고 있더라고요. 아마 밖에 식사하러 가시는 게 귀찮아서 그러셨을 텐데, 어쨌든 건물 전체가 생선 냄새로 가득한데도 아무도 거기에 대해 뭐라고 할 수 없었던…… 그때 그 방에서 생선을 같이 먹었던 기억이 생생한데, 그런 하나하나가 지금 돌이켜보면 재밌는 거예요.

정성일 허우샤오시엔 감독님과의 인연을 괄호 치고 감독님의 영화만 보면 저로서는 오히려 에드워드 양 감독님의 영화와 더 친근감을 느낀다는 기분이 들었습니다. 왜 그런가를 곰곰이 생각해보니, 에드워드 양의 영화가 도시적이라면, 허우샤오시엔의 영화는 도시를 찍을 때 항상 불화를 경험하고 있다는 느낌이 있기 때문인지 모르겠습니다. 〈쓰리 타임즈〉는 세 개의 에피소드로 이루어져 있는데 이 에피소드 중 시골 가오슝을 찍은 1966년 이야기는 굉장하지만, 2011년 타이페이를 찍은 장면은 공허하게 느껴졌습니다.(고레에다는 이 이야기를 듣다가 1966년 이야기가 나오자 "아, 당구장 장면" 하면서 매우 동감한다는 표정을 지었다.)

이 얘기를 드리는 까닭은 에드워드 양과 연결 지어 감독님의 영화를 이야기하기 위해서입니다. 감독님의 영화를 여러 가지 방식으로 분류할 수 있겠지만, 이렇게 분류해보고 싶습니다. 감독님의 영화는 도시에서 진행되는 영화와 시골에서 진행되는 영화로도 나눌 수 있을 것 같습니다. 그런데 도시에서 진행하는 영화는 어딘가 섬뜩한 순간이 있고 차갑게 느껴진다면, 시골에서 진행되는 영화들에선 늘 이상한 향수가 느껴집니다. 그 향수가 이상하다고 한 까닭은 그 향수가 영화를 보고 있으면 이 영화를 찍고 있는 사람이 가져본 적이 없는 유토피아를 찍고 있구나, 라는 느낌이 있기 때문입니다. 말하자면 그 향수가 내가 경험해서 과거로 가는 것이 아니라 내가 경험해보지 못한 유토피아로 가고 있구나 하는 느낌. 〈바닷마을 다이어리〉 〈진짜로 일어날지도 몰라 기적〉 〈태풍이 지나가고〉를 본 후 그런 느낌을 받았습니다.

결국 질문은 이겁니다. 감독님 영화에서 시골로 간다는 것은 어떤 것인가, 혹은 똑같은 의미로 감독님이 영화를 도시에서 진행한다는 것은 무엇인가, 입니다.

고레에다 (잠시 생각) 지금까지 이 세 편의 영화를 제 안에서 분류해본 적은 없던 거 같습니다. 〈태풍이 지나가고〉는 언뜻 시골로 보일 수 있지만 사실 도쿄입니다. 제가 자란 도쿄예요. 반대로 〈진짜로 일어날지도 몰라 기적〉에는 도시에서 살던 아이가 시골에 갔을 때 느낀 위화감을 표현하려 했고, 여기서 살아가겠다는 각오를 하는 데서 영화는 끝나기 때문에 시골을 유토피아적으로 표현하겠다는 의식은 제 안에는 없었습니다. 〈바닷마을 다이어리〉는 도쿄가 아닌 가마쿠라가 무대이고, 가마쿠라는 상당히 문화적인 도시예요. 도쿄보다 훨씬 문화적 풍요로움을 가진 지역인데, 지금 평론가님께서 말씀해주신 걸 듣고 저도 납득을 한 게 〈바닷마을 다이어리〉는 지역과 동네와 사람들의 삶이 유기적으로 연계되어 있는 곳이랄까요. 해산물이나 제철 음식들, 그 계절에 그 지역에서 수확되는 먹을거리와 동네와 사람들의 생활이 분리되어 있지 않은 지역이라고도 할 수 있습니다. 제가 가마쿠라를 도쿄에서는 이제는 더 이상 실현 불가능한, 인간적인 풍요로운 삶을 영위할 수 있는 곳으로 묘사하고 있죠. 그런 부분들이 향수 어리게 그려져 있기 때문에 그렇게 느끼시는 게 아닌가 하는 생각이 듭니다. 반면 도시에서는 그런 것과 조금 분리된 일상들을 그리게 되기 때문에 지금 말씀하신 인상을 받으시는 게 아닌가 싶고요.

정성일 그러면 다시 한 번 이렇게 분류해보겠습니다. 감독님의 영화는 범죄와 연결돼 있는 것과 그리고 그것으로부터 무관한 영화로도 나눌 수 있었습니다. 범죄와 연결된 영화라면, 〈어느 가족〉에서는 그것이 악의적인 것은 아니지만 유괴는 사회적으로 아주 무거운 범죄이지요. 그건 한국과 일본 모두 마찬가지일 겁니다. 〈세 번째 살인〉은 말할 것도 없습니다. 감독님 영화로는 처음으로 법정이 무대인 영화입니다. 또 〈디스턴스〉는 옴진리교 사건이 떠오를 수밖에 없는 테러리즘의 후폭풍에 관한 영화이고요. 〈아무도 모른다〉에서 아이들은 자신들의 행위가 범죄라는 것을 모르지만 하여튼 그

상태로 저지른 범죄인 거죠. 맥락이 다르긴 합니다만, 〈공기인형〉도 외로움을 그려내고는 있지만 무언가 여기에 병들었다는 느낌이 있습니다. 그리고 〈그렇게 아버지가 된다〉는 그것이 실수라고는 하지만 너무 큰 실수이기 때문에, 하여튼 병원이 저지른 실수는 사법적으로 문제가 되는 범죄 행위인 것이죠.

이런 영화들을 통해 일본 사회에 계속해서 질문을 던지고 있습니다. 이 질문의 과정에 많은 것이 담겨 있기 때문에 하나로 말할 수는 없지만, 그 질문의 중심에서 책임이라는 것과 마주하게 됩니다. 제가 모든 일본 영화를 보고 있는 것은 아니기 때문에 단순하게 말할 수는 없지만, 책임을 미학적으로 질문하는 일본 영화들은 많이 있지만 이 질문과 정면으로 마주 대면하고 있는 것은 감독님의 영화에서만 보고 있습니다. 그래서 물어보고 싶어졌습니다. '나는 왜 영화에서 이 질문을 할 수밖에 없는가', 일본 사회에서 책임이라는 질문.

고레에다 (한참 생각) 왜일까요…… (그날 대답 중 가장 오랜 시간 생각했다) 어려운 질문이네요. 다들 무책임하고 무관심하기 때문이 아닐까요. 저는 특별히 제가 남들보다 사회성이 강하다고는 생각하지 않습니다. 대신 주변 사람들이 사회성이 적다는 생각은 들어요.

제가 세대를 나누는 걸 별로 좋아하지 않고 그러다 보면 꼭 잘못 이해되는 경우가 있긴 하지만, 굳이 일본에서의 제 세대를 나누자면 저는 62년생이고 일본 오타쿠 세대의 한복판에 있습니다. 오타쿠 세대는 윗세대인 단카이 세대°가 정치적으로 실패하는 것을 목격했고, 단카이 세대가 정치 참여, 사회 참여를 실패하는 과정을 봤기 때문에, 그 결과 비정치적인 존재가 됐습니다. 오타쿠 세대는 자기 취미 세계에만 함몰하기 시작한 세대이기 때문에 가장 비정치적인 세대일 겁니다. 저는 창작자가 되기 전부터 그런 비정치적인 상황에 늘 위화감을 가지고 있었고, 그것이 저의 베이스가 되고 있는지 모르겠습니다. 제가 스스로 정치적인 것, 사회적인 것을 의식하면서 영화를 만들고 있는 건 아니지만, 영화를 만들면서 깨닫게 되는 건 슬퍼하는 것보다 분노하는 게 더 강할 수 있고, 답을 제시하는 것보다는 질문을 던지는

° 제2차 세계대전 이후 1947년에서 1953년 사이에 태어난 세대를 지칭한다. 이들은 1960년대 '전공투'로 대표되는 학생운동을 주도했고, 아이러니하게도 그런 다음 1970년대 경제부흥의 성과를 누렸다. 그런 의미에서 정치적으로 급진적인 세대로부터 경제적으로 보수적인 세대로 급격하게 이동했다. —정성일

것이 훨씬 더 넓어질 수 있다, 확장성이 있다는 것입니다.

정성일 아마 이 질문은 엄청나게 많이 받으셨을 것입니다. 그걸 알면서도 이 책의 독자들을 위해서 무릅쓰고 질문하겠습니다. 감독님 영화에서 가장 자주 마주치는 등장인물은 아이들입니다. 영화학교 선생으로서 저는 연출과 학생들에게 가급적 영화에 아이들과 동물을 출연시키지 말라고 말합니다.(웃음) 왜냐하면 연기 지도를 할 수 없기 때문입니다. 그런데 압바스 키아로스타미 영화 이후 감독님처럼 어린아이들을 자유롭게 다루는 연출은 처음 보았습니다. 눈앞에 계셔서가 아니라 이 이야기를 학생들에게도 똑같이 합니다.

그게 어떻게 가능한지를 한참 생각했습니다. 이건 정말 비평가스럽게 이야기하는 건데,(웃음) 극영화 안의 아이들은 일종의 다큐멘터리적 존재가 아닌가 하는 생각을 하게 되었습니다. 그리고 그것이 갑자기 화면에 강력한 리얼리티를 만들어내고 있구나 하는 느낌을 받았습니다. 단순히 아이들을 잘 연기시킨다거나 자연스럽게 촬영한다는 문제가 아닙니다. 그것만으로는 설명이 잘되지 않았습니다. 본다는 쪽에서가 아니라 만드는 쪽에 서게 되면 단순하게 이쪽으로 걸어오라, 든가 쳐다봐라, 하는 간단한 장면도 있지만 어떤 표정, 어떤 말투를 위해서 그 장면에서 상황, 이야기, 동선의 이유를 설명해야 할 필요가 생깁니다. 저는 무엇보다도 이 아이들이 감독님 영화의 이야기를 모두 이해하고 있을 거라고는 생각하지 않습니다. 이를테면 〈어느 가족〉의 가장 어린 유리 같은 아이. 한 가지 덧붙여서 질문하고 싶은 건 〈아무도 모른다〉 경우의 아이들은 자기 상황을 이해하지 못하는 상태에서 자기감정에만 충실한 모습을 영화가 관찰하고 있는 느낌이었습니다.

그런데 〈어느 가족〉에서 결정적으로 달라진 점은 소년 쇼타는 영화 안에서 시작할 때와 끝날 때 처음에 머물지 않고 다른 인간으로 성숙하고 있다는 것이었습니다. 그건 어떻게 해도 영화에 대한 이해 없이는 불가능한 게 아닌가, 라는 생각을 하게 되었습니다. 그걸 보면서 단순하게 두 영화 사이의 차이가 아니라 〈아무도 모른다〉에서 〈어느 가족〉 사이에 연기 지도 자체에 어떤 성숙이 있는 게 아닌가, 말하자면 그 사이에 놓여 있는 변화의 핵심이 뭔지 궁금해졌습니다.

고레에다 별로 달라진 건 없습니다…… (잠시 생각) 아이를 어른과 마찬가지로 컨트롤하려 하면 실패합니다. 반대로 어른들이 아이들처럼 카메라 앞에 서는 것을 이상적인 상태로 여기고, 아이들에게 맞춘다는 발상으로 만들고 있습니다. 이야기를 아이들에게 설명하지 않고 해나가는 방식에는 바뀐 게 없어요. 〈어느 가족〉 때도 그랬고, 이번 〈브로커〉도 마찬가지고요. 그때그때 그 순간만 설명하고 지시하죠.

그래도 아이들은 어느 순간 그 이야기를 본인 나름대로 이해하게 돼요. 그러다가 '아 그렇다면 이 이야기의 끝은 어떻게 될까' 이렇게 자발적으로 생각하게 되면서, 그에 따라 행동이 바뀌기 시작합니다. 〈어느 가족〉 때도 그랬어요. 쇼타는 굉장히 똑똑한 아이였는데, 할머니가 돌아가신 뒤에 이 가족이 어떻게 될지 쇼타 나름대로 생각했던 거 같습니다. 그렇게 스스로 생각하게 되는 단계가 오면 감독으로서는 '이제 됐다' 하는 생각이 드는 거죠. 지금의 현장에서도 마찬가지의 일이 일어나고 있습니다. 그래서 저로서는 특별히 〈어느 가족〉 때 방식이 달라졌던 건 없었습니다.

정성일 그러면 아이들을 연기 지도할 때 이것만은 절대 하지 않는다는 원칙 같은 게 있습니까?

고레에다 기본적으로 혼내지 않아요. 매일매일 현장을 즐겁게 느끼게끔, 오늘 현장에 와서 너무 즐거웠다, 내일도 또

오고 싶다, 라고 느끼게끔 환경을 만들어주는 것. 스태프들에게 철저히 얘기해두는 편입니다. 기본적으로 촬영이 재밌다고 느낄 수 있게끔 하는 게 중요한 거 같아요. 이번 〈브로커〉 때도 그랬는데 어느 순간부터 저를 신경 쓰지 않고 함께 하고 있는 배우들과 소통하는 데 익숙해지고 즐거워하고 있으면 아주 잘됩니다.

정성일 영화를 만드는 사람들을 위해서 실용적으로 질문을 드려보고 싶습니다. 아이들과 촬영할 경우, 충분히 설명하되 리허설은 하지 않고 촬영 숏에 들어간다(왜냐하면 리허설이 길어지면 어린 배우들이 지칠 수 있기 때문에), 아니면 리허설을 충분히 하고 촬영 숏에 들어간다(그렇게 해서 첫 번째 테이크가 오케이가 될 수 있게 집중할 수 있게 한다), 아니면 몇 테이크 이상 반복해서 같은 장면을 촬영하지 않고 그 안에서 가장 좋은 테이크를 선택 한다(왜냐하면 어른 배우들과 달리 체력적으로 약한 어린 배우들이 같은 연기를 반복하면 테이크를 거듭할수록 점점 나빠지기 때문에), 같은 이런 원칙이 있습니까?

고레에다 그건 아이마다 달라요. 제 방식에 끌어들이고 제 방식에 맞추기보다는 그 아이의 적성에 맞게끔 방식을 바꿔나가는 게 중요한 거 같습니다. 학습 과정과도 비슷할 거 같은데, 학교 선생님도 그걸 늘 하고 있지 않을까 싶어요. 아이에게 맞춰야죠. 테이크를 몇 차례 가더라도 그걸 다 즐길 수 있는 아이가 있는가 하면, 처음에는 잘 못하다가 하면 할수록 잘하는 아이도 있고요. 첫 테이크는 좋은데 그다음은 첫 테이크보다 못하는 경우도 있어요. 어른과 마찬가지죠. 그건 보다 보면 금방 알 수 있기 때문에 그 아이에 맞추고 있습니다. 〈어느 가족〉으로 구체적인 예를 들자면, 유리 역을 했던 미유는 첫 테이크가 가장 좋았기 때문에 항상 처음에 미유를 찍었어요. 반면 쇼타 역을 했던 카이리는 몇 번을 찍어도 그때그때 다 즐길 수 있는 아이였기 때문에, 먼저 미유 방향으로 찍고 그다음에 뒤집어서 찍을 때° 카이리를 찍는 순서를 항상 지켰습니다.

° '뒤집어서 찍는다'는 말은 두 인물이 있을 때 상대방의 반대쪽을 찍는다는 뜻이다. 예를 들면 영화에서 두 배우가 대화를 주고받는 장면을 유리-쇼타-유리-쇼타 순으로 진행할 때 우리가 보는 순서와는 달리 현장에서는 한쪽을 먼저 모두 찍고 그런 다음 다른 한쪽을 모두 찍게 된다. 그러고 나서 편집실에서 순서대로 자른다. 여기서 상대방의 장면을 찍을 때 카메라가 자신을 찍지 않더라도 동일한 연기를 맞은편에서 상대방의 연기를 위해서 해주어야 한다. 그렇게 되면 같은 연기를 두 번 하게 되는데 나중에 하는 쪽은 종종 지쳐서 나쁜 결과를 만들기도 한다. 그래서 누구를 먼저 찍느냐는 것은 감독에게뿐만 아니라 배우에게도 중요한 문제가 된다. —정성일

정성일 어른들에 대한 질문을 드릴 차례입니다. 아무래도 질문은 오랜 동료인 키키 키린에서 시작할 수밖에 없습니다. 키키 키린 여사의 연기가 훌륭하다는 건 말할 필요도 없습니다. 제 질문은 거기에 있지 않습니다. 키키 키린 여사는 〈걸어도 걸어도〉에서 료타의 어머니 도시코로 처음 등장하셨는데, 이상하게도 어머니라기보다는 할머니의 느낌이었습니다. 아마 손자들의 존재 때문인지도 모릅니다. 그 후로 키키 키린이라는 존재는 영화를 본다는 쪽에서는 계속 할머니로 다가왔습니다. 그리고 〈어느 가족〉에서 자기 역할을 다한 것처럼 할머니로 죽음을 맞이했습니다. 물론 우연의 일치겠지만, 키키 키린 여사는 정말로 세상을 떠났습니다.

생각해보니까 감독님 영화에서 아버지의 자리는 항상 분명하고, 그 자리에 대해서 질문하고 있는데, 어머니의 자리는 외곽에 놓여 있고 희미하다는 인상이 있습니다. 그런 의미에서 〈어느 가족〉에서 안도 사쿠라가 연기하는 노부요라는 그 자리, 말하자면 자기 자리가 어머니라는 걸 배우는 인물의 등장을 보는 순간, 이 순간은 어떤 전환점 같다는 인상이 있었습니다. 말하자면 감독님 영화에는 아버지와 어머니라는 존재의 어떤 불균형 같은 게 있었습니다. 여기에 부언

하고 싶은 건 우연의 일치겠지만, 〈파비안느에 관한 진실〉에 나온 카트린 드뇌브는 1943년생으로 키키 키린과 나이가 같습니다. 우연인지 아닌지 일부러 그 나이를 찾으신 건지 그건 제가 모르겠습니다만, 그런데 영화에서 드뇌브를 보면서 반문하고 싶어진 것은 감독님 영화에서 본 적이 없는, 영화의 중심을 차지하고 있는 어머니였습니다. 말하자면 일본에서 찍은 감독님 영화에서 어머니는 불편한 존재인데, 프랑스에서는 감독님께서 그 어머니라는 존재에 대해서 어떤 해방감을 느끼는 것 같았습니다. 이 어머니라는 존재의 불균형에 대해서 질문하고 싶습니다.

고레에다 그렇게는 생각 안 해봤습니다. 〈태풍이 지나가고〉에서 키키 키린 씨가 어머니로 나옵니다.(웃음) 어머니인지 할머니인지 저 스스로 구별하거나 신경 쓰진 않았던 거 같아요. 만약에 〈파비안느에 관한 진실〉에서 어머니의 존재가 해방감이 있는 것처럼 느껴졌다면 그건 어디까지나 카트린 드뇌브가 가지고 있는 자질에서 기인했다고 생각합니다. 그분에게 맞춰 시나리오를 썼기 때문이죠.

정성일 남자 쪽을 돌아보겠습니다. 아베 히로시는 감독님 영화에 두 번 나왔습니다. 〈걸어도 걸어도〉와 〈태풍이 지나가고〉. 그런데 아베 히로시가 두 번 나왔다기보다는 동일한 인물이 두 번 나온 듯한 느낌이었습니다. 게다가 의도한 것처럼 두 번 모두 이름이 료타였습니다. 물론 〈그렇게 아버지가 된다〉의 후쿠야마 마사하루의 이름도 료타였지요. 이 두 영화에서 료타는, 이렇게 말해버리고 싶은데, 한국말에는 '쓸모가 없다'라는 표현이 있는데, 아무튼 그런 남자로 보입니다. 아베 히로시는 외모도 훌륭하고 키가 189센티미터나 되는 모델 출신에 일본 남성으로서 미남에 속하지요.(웃음) 근데 생각해보니까 외모상으로 훌륭한데 이렇게 쓸모없는 인물, 그러니까 료타 같은 여성, 쓸모없는 여성은 감독님 영화에 등장한 적이 없는 것 같습니다. 말하자면 료타는 감독님 영화에서 일본의 남성성에 대한 비판처럼 보이기까지 합니다.

고레에다 아베 히로시 씨와는 텔레비전 드라마 〈고잉 마이 홈〉까지 세 작품을 함께했습니다. 드라마에서도 이름이 료타였고, 거기서도 쓸모가 없는 남자였습니다. 아베 히로시에게 쓸모없는 남자를 세 번이나 맡겼습니다.(웃음) 아베 히로시는 진짜 소위 말하는 미남인데 코미디 센스가 있어요. 아주 큰데 아주 작은 인간상을 하면 너무 잘하는 배우거든요. 그런 측면을 최대한 끌어내고 싶었습니다. 남성성이라는 게 소위 마초 같은 성향일 텐데, 저는 토가 나올 정도로 싫어하지만 남성성을 비판하고자 하는 의도가 있었던 건 아닙니다. 솔직히 말씀드리자면 제 주변에 있는 대부분의 남자들이 저렇고요, 저를 포함해서요, 제 주변에 있는 모든 여성들이 저렇다, 라는 것을 관찰했던 것이 그렇게 표현된 거 같습니다. 남자들은 빨리 깨닫는 게 좋을 겁니다. 여성분들이 다 꿰뚫어보고 있다는 것을요.

정성일 또 다른 남자 릴리 프랭키의 차례입니다.(웃음) 하지만 질문은 조금 다릅니다. 릴리 프랭키는 어떤 순간에 예상치 않은 굉장한 연기를 보여주어서 이게 배우의 즉흥 연기인지 연출인지 판단하기 어려운 순간이 있습니다. 제가 굉장하다고 생각한 건 〈그렇게 아버지가 된다〉에서 후쿠야마 마사하루가 "그러면 둘 다 내가 돈으로 가져오면 안 되나"라고 했을 때 릴리 프랭키가 후쿠야마를 때리려다가 머리만 툭 치는 순간. 보통은 그 순간에 있는 힘을 다해서 때리죠. 그런데 때리려다가 멈추는 그 타이밍, 때리려다가 건드리는 강도, 어떤 퍼포먼스. 게다가 그런 리액션을 생각하지 못했다는 듯한 후쿠야마 마사하루의 표정. 저는 이 장면이 〈그렇게 아버지가 된다〉의 최고의 명장면일 뿐만 아니라, 사람들이 다들 감독님 영화의 명장면이라고 하면 〈어느 가족〉의 안도 사쿠라가 취조받는 장면을 얘기합니다만, 그에 견줄 만한 장면이라고 생각하는 쪽입니다.

제 질문의 요점은 배우의 즉흥 연기를 어디까지 허락하느냐는 것입니다. 감독님이 연기 지도에 대해 쓴 글에서 종종 존 카사베츠 감독의 이름을 말하는 것을 보았습니다. 존 카사베츠는 배우라는 신체의 예측불가능성을 찍는 게 영화의 힘이라고 믿었던 사람인데, 아마 감독님이 더 잘 알고 계실 겁니다. 감독님은 존 카사베츠처럼 때론 현장에서 감독님의 연출 계획을 버리고 세워놓은 이야기를 벗어나지 않는 한도 내에서 배우의 예측불가능성의 기회를 어디까지 허락하는지가 이런 순간과 마주칠 때마다 궁금해집니다.

고레에다 그 장면에 관해 말씀드리자면…… 시나리오에는 '팬다' 또는 '때린다'로 쓰여 있었을 겁니다. 그래서 현장에서 후쿠야마 마사하루 씨가 릴리 프랭키 씨에게 "거침없이 때려주세요"라고 말해둔 상황이었는데, 막상 슛이 들어가고 나서 모두들 프랭키 씨의 연기 보고 놀랐던 거죠. 그 컷이 끝나고 프랭키 씨한테 물어보니 화보다 슬픔을 느꼈다,

그래서 나는 그를 패지는 못했다는 얘길 하셨어요. 그때 저는 그 인물을 더욱더 이해하게 되었고, 그것이 계기가 되어 시나리오를 수정하게 됐어요. 현장에서 나온 것을 보고 다시 수정해나가는 작업을 할 수 있는 여건이기도 했고요. 그 장면에 대해서는 그런 일이 있었습니다. 그때 프랭키 씨를 통해서 새롭게 그 인물을 발견할 수 있었던 셈이죠. 그래서 그에 맞춰 좀 더 수정을 해갔습니다.

만약 현장에서 표현된, 거기서 나온 연기가 재밌다면 최대한 그걸 살리기 위해 대본을 수정해가는 작업을 하고 있습니다. 그것이 바로 시나리오도 쓰고 편집도 직접 하는 사람의 이점이라고 생각하기 때문에 현장에서 발견하는 것을 최대한 살리는 방식을 취하고 있습니다.

정성일 책에 스쳐가듯 나오는 이름인데 저는 멈출 수밖에 없었던 이름, 하스미 시게히코라는 이름입니다. 하스미 시게히코는 한국 평론가들에게도 영향력이 있고, 저도 그가 쓴 《오즈 야스지로》라는 책과 《나쓰메 소세키 론》이 굉장하다고 생각합니다. 물론 항상 동의하지는 않습니다.

수오 마사유키 감독을 인터뷰한 적이 있는데, 아시다시피 하스미 선생의 수업을 들었던 감독이지요. 그 수업에서 가장 인상적이었던 것이 무엇입니까, 라고 물어보니 하스미 선생님이 반복하듯이 "그것이 정말 거기 있습니까?"라고 질문하는 것이었다고 했습니다. 저는 그게 하스미 선생님의 '표층문화론'이라고 이해했습니다. 감독님은 학점을 받을 것도 아니면서, 자신의 학교도 아닌 릿쿄대학까지 이 수업을 들으러 강의실을 찾아갔습니다. 틀림없이 잡아당기는 게 있었기 때문에 들으러 갔을 것입니다. 저는 그게 이상하게 보입니다. 하스미 시게히코의 영화 방법론이 감독님의 영화와 꽤 멀리 떨어져 있다고 생각되기 때문입니다. 하지만 거기에 뭔가 배움이 있기 때문에 갔을 것이고, 귀 기울여 들을 게 있고, 그것이 어떤 방식으로든 영화를 처음 찍을 때 영향을 주었을 것이라고 생각합니다. 하스미 시게히코의 강의가 감독님께 준 영향은 어떤 것입니까?

고레에다 (웃음) 되게 어려운 질문이네요. 〈영화표현론〉은 대학 시절에 제가 거의 유일하게 제대로 들었던 수업입니다. 재밌었고 그래서 매주 갔습니다. 아마 4년간 다녔을 겁니다. 사실 제가 와세다대학을 다니면서 그때 영화를 보기 시작했고 영화평도 접하게 됐는데, 그때 릿쿄대학에서 엄청나게 재밌는 수업을 한다는 게 화제였습니다. 왜냐하면 와세다대에는 엄청나게 재미없는 수업밖에 없었기 때문에 미안하지만 제가 그쪽으로 갈 수밖에 없었어요. 엄청나게 재미없었다고 하면 결례가 될 수도 있겠지만, 와세다대에는 영화사, 영화이론 수업이 주였어요. 푸돕킨, 예이젠시테인의 영화를 보는.(웃음)

제가 들었던 첫 수업에서 하스미 시게히코 선생님이 타르콥스키의 〈노스탤지아〉를 가지고 다음 주에 이야기하겠다고 시작했던 것으로 기억합니다. 타르콥스키의 영화를 보고 하스미 선생님이 무슨 이야기를 하셨는지 지금은 다 잊어버렸지만, 학생들에게 어떻게 영화를 봤는지 질문하셨어요. 예를 들어서 학생이 "어머니의 사랑에 대한 영화라고 생각합니다"라고 하면 "그것은 영화 어디에 비춰져 있었습니까? 어디에 나타나 있었습니까?"라고 질문하시더라고요. 영화란 거기에 비춰져 있는 것, 나타나 있는 걸로 이야기해야 한다는 관점으로 말씀하시는 걸 듣고 정말 큰 문화적 충격을 받았습니다. 항상 그 수업에 가면 어떤 시적인 자극을 받았던 기억이 납니다. 저는 외부에서 온 학생이었지만 제가 수업을 받았던 시기에 아오야마 신지, 시오타 아키히코, 만다 구니토시 같은, 현재 제일선에서 활약하고 있는 감독들이 릿쿄대생으로 같은 수업을 들었고, 그보다 전 세대로는 구로사와 기요시 감독님도 그 수업을 들었습니다. 저는 릿쿄대 그룹과는 완전히 다른 곳에 있는 사람이고, 제가 당시 좋아하던 영화나 지금 찍고 있는 영화는 하스미 선생님의 취향과 아마 전혀 다를 것이기 때문에 '저는 선생님의 제자였습니다'라고 쉽게 말을 꺼내지는 못했습니다. 하지만 그때 화면을 통해서 영화를 본다는 것, 화면을 제대로 보고 영화를 이해한다는 것은 저에겐 큰 가르침이고 경험이었습니다.

정성일 마지막 질문입니다.(웃음) 감독님을 만나러 간다고 하니까 제 교실의 학생들이 감독님에게 영화를 만들면서 가장 힘든 순간이 오면 스스로 힘을 얻기 위해 했던 말, 그 말이 무엇인지를 자신들에게 나눠주면 힘든 순간이 왔을 때 자신들도 그 말을 부적처럼 쓰고 싶다, 그러니 꼭 그 말을 듣고 오라는 간절한 부탁을 받았습니다. 감독님의 말씀을 꼭 전하고 싶습니다.

고레에다 힘들지 않아요. (좌중 웃음) 기본적으로 힘들지 않아요. 찍고 있을 때는 힘들지 않습니다. 찍고 있지 않을 때는 힘들 때도 있지만요. 시나리오를 쓸 때나 편집할 때나 현장에서 영화 찍을 때나 진짜로 재밌어요. 물론 힘든 순간이 있었을 텐데, 돌이켜봤을 때 내가 괴로웠던 순간이 언제였는지가 생각이 안 날 만큼, 반대로 말하면 이 일을 하고 있기에 정말 다행이다 싶어요.

영화를 찍으면서 힘들었던 순간은 교토에서 〈하나〉를 찍고 있을 때였는데, 어머니 건강이 위독해져서 촬영 사이사이 제가 신칸센을 타고 도쿄로 돌아가서 어머니 연명 조치를 할 것인가, 인공호흡기를 뗄 것인가 말 것인가를 의사 선생님과 의논한 다음에 다시 신칸센을 타고 촬영장으로 돌아오고, 그걸 주말마다 반복하면서 어머니 병세가 악화되는 것을 지켜봐야 했었습니다. 그때 내가 지금 뭘 하고 있는 거지, 하면서 힘들었던 순간이 한 번 있었습니다.

데뷔 때부터 죽 작품을 함께한 야스다 마사히로라는 프로듀서가 계세요. 이분은 소마이 신지 감독의 프로듀서를 하셨고, 소마이 신지 감독이 돌아가신 이후부터는 저와 니시카와 미와 감독을 많이 도와주셨어요. 영화라는 게 흥행에 성공할 때도 있고 망할 때도 있고 하잖아요. 기본적으로는 망하는 경우가 더 많죠. 그런데 그럴 때마다 이분은 슬쩍 와서 위로를 해주셨어요. "나는 좋았어"라고요……. 이분은 상업광고를 제작하는 회사를 경영하셨는데, "네가 낸 적자 정도는 내가 금방 회수할 수 있어. 걱정하지 마. 다음에 또 같이하자." 이런 구체적인 위로를 해주셨던 분이에요. 저한테는 정말 이상적인 프로듀서셨습니다. 근데 2009년에 돌아가셨고, 어떻게 보면 그전까지는 이분을 의지하면서 제가 영화를 만들었던 터라 돌아가신 뒤에 그동안의 제작 방식을 중단해야만 했던 상황과 마주하게 되었습니다. 그때 '나는 이제 영화를 떠나야 하나' 하는 고민을 할 수밖에 없었는데, 아마 그때가 부모로부터 독립하여 홀로서기를 하는 타이밍이었던 것 같습니다. 영화적 어른이 되기 위한 과정이 아니었나, 늦었지만 그런 시기였을 겁니다. 40대 중반을 지나고 있었고요. 그 후로는 어떤 상황이어도 '우는 소리나 약한 소리를 할 때가 아니지'라는 마음을 갖게 되었습니다.

그리고 이렇게 마무리하면 조금 다른 이야기가 될 수 있겠지만, 예를 들어 아이들이 촬영 현장에 있잖아요. 그러면 저는 정말 즐기고 있는 어른의 모습을 보여주고 싶어요. 이건 조금 교육적인 관점이기도 한데, 아이들 입장에서는 부모님과 학교 선생님 외에 사회에서 처음 마주치는 어른이잖아요. 그런데 그 어른이 뭔가 진지하게 하고 있는데 무척 즐거워 보인다고 느꼈으면 좋겠어요. 실제로 전혀 힘들다고 느껴지지 않고, 내가 여기서 '우는 소리를 하거나 약한 소리를 할 때가 아니지'라는 마음가짐은 항상 가지고 있는 거 같습니다. 진짜로 제가 영화를 찍고 있는 동안에는 힘들다고 느낀 상황들이 없었어요. 찍지 못하게 되면 또 어떻게 될지 모르겠지만요.

제가 데뷔한 지 이제 25년이 됐는데, 정말 행운이 따랐다는 생각이 들어요. 재능이나 노력 이상으로 많은 행운이 따랐고, 인복이 아주 많았어요. 그건 위로도 아래로도 마찬가지입니다. 그리고 국내외 막론하고 같은 시대를 살아가고 있는 영화 동료들, 영화작가들과의 인연도 제겐 큰 행운이었고요. 객관적으로 봐도 정말 순조롭게 작품을 만들어왔다고 생각해요. 그런데 우는 소리를 한다면 벌 받을 거예요.

정성일 귀한 말씀 감사합니다. 마음에 잘 담아두겠습니다. 영화를 만드는 문제와 만나는 사람들에게 힘이 될 것입니다. 오늘 이 자리가 감독님에게도 좋은 기억이 되었으면 좋겠습니다.

고레에다 감사합니다.

옮긴이의 말

번역가로서 가장 기쁜 순간은 좋아하는 저자의 책을 의뢰받을 때다. 그럴 때 전화를 받는 내 목소리는 두 톤 정도 높이 올라가고 휴대폰을 든 몸은 점점 기역자로 구부러지며 상대방이 보지도 못할 절을 하고 있다.

고레에다 히로카즈도 나를 그렇게 만드는 저자 중 하나다. 원래부터 감독의 팬이었지만 《영화를 찍으며 생각한 것》과 《키키 키린의 말》을 번역한 이후 나의 팬심은 커질 대로 커져 있었으니, 이번 책도 '솔 톤' 목소리로 굽신굽신 절을 하며 넙죽 번역 의뢰를 받아들였다.

한데 이번 번역에는 기존의 작업과 다른 점이 있었다. 바로 일본어 '원서'가 존재하지 않는다는 것이다. 고레에다 감독은 2000년대 초반부터 본인의 홈페이지에 이런저런 생각을 전하는 글을 써왔는데, 이를 주시하던 한국의 편집자가 감독 측에 출간을 제안했고, 감독은 흔쾌히 승낙했다.

내가 지금까지 번역해온 책들의 문장은 모두 일본 편집자의 손을 수차례 거친 것이었으니, 교정 교열을 하지 않은 글을 우리말로 옮기는 작업이 과연 순조로울지 걱정이 안 됐다고 하면 거짓말이다. 그러나 결론부터 말하자면 남몰래 혼자 품었던 그 우려가 실례로 느껴질 정도로 감독의 글은 정연했다. 소탈하고 유머러스하면서도 진지할 때는 또 진지한, 그러면서 자신이 속해 있는 사회의 문제를 늘 정면으로 바라보는 감독의 글을 한 줄 한 줄 옮겨나가며 나는 이 사람을 닮고 싶다는 생각을 자주 했다. 내가 생각하는 이상적인 어른의 모습이 거기 있었다.

고레에다 감독은 책에 수록할 글들을 A4 용지에 출력해 거기에 교정을 본 다음 스캔해 보내주었다. 동글동글한 필체로 문단이 여러 개 추가되어 있기도 했는데, 간혹 알아보기 힘든 글씨가 나와 한참을 끙끙거리다가 마침내 해독해냈을 때는 짜릿한 쾌감을 느꼈다. 질문 사항을 정리해 메일로 보냈을 때 역시 동글동글한 육필로 답신이 왔고, 그에 따라 기존에 번역해둔 글이 조금씩 바뀌거나 내용이 첨가되기도 했다. 과거에 감독 자신이 쓴 글을 현재 시점에서 수정하고,

그 글을 번역가인 내가 해석하여 질문을 던진다. 그러면 그 질문에 따라 또다시 글에 변화가 생겨난다. 그런 번역 과정은 어쩌면 배우의 연기와 현장의 상황에 따라 각본을 매일 고쳐 쓰는 감독의 영화 촬영 방식과도 비슷한 면이 있었던 것 같다.

감독으로부터 출발한 문장이 생명력을 가지고 수만 갈래로 퍼져나가 변화를 거듭하는 광경을 나는 내 방에 앉아 가만히 상상해본다. 그 문장이 뿌린 씨앗들이 다양한 종류의 꽃으로 피어나는 모습을 볼 수 있다면, 번역가로서 그보다 보람찬 일은 없을 것이다. 모든 좋은 창작물이 그러하듯 이 책 또한 여러 가지 방식으로 오랫동안 사랑받기를 소망한다.

저자가 아닌 역자가 나서서 출간에 도움을 주신 분들께 감사를 표하는 것은 다소 주제넘는 일일 수도 있다. 그러나 이 책은 앞서 말했듯 특별한 과정을 거쳤으므로, 이번만큼은 예외적으로 내게 허락된 이 공간에서 '감사의 눈짓'을 해두고 싶다. 번역과 출간 과정에서 감독의 확인이 필요할 때 분부쿠의 후쿠마 프로듀서님과 나무아래 에이전시의 기노시타 대표님이 중간에서 든든한 다리 역할을 해주신 덕분에 원활한 작업이 가능했다. 또한 바다출판사 나희영 편집자님의 근사한 기획이 없었다면 이 책은 애초에 세상의 빛을 보지도 못했을 것이다. 세 분께 머리 숙여 감사드린다.

2021년 7월

이지수

옮긴이 · 이지수

일본어 번역가. 《사는 게 뭐라고》《죽는 게 뭐라고》《영화를 찍으며 생각한 것》《키키 키린의 말》《생의 실루엣》《야구에도 3번의 기회가 있다는데》 등의 책을 우리말로 옮겼고, 《아무튼, 하루키》《할 수 있는 일을 하고 있습니다》(공저)를 썼다.

작은 이야기를 계속하겠습니다

초판 1쇄 발행 2021년 7월 23일
초판 3쇄 발행 2024년 3월 20일

지은이 고레에다 히로카즈
옮긴이 이지수
기획편집 나희영
디자인 주수현

펴낸곳 (주)바다출판사
주소 서울시 마포구 성지1길 30 3층
전화 02-322-3885(편집), 02-322-3575(마케팅)
팩스 02-322-3858
이메일 badabooks@daum.net
홈페이지 www.badabooks.co.kr
ISBN 979-11-6689-025-3 03800